Mira Lyn Kelly

A la mañana siguiente

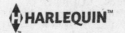

Editado por HARLEQUIN IBÉRICA, S.A.
Núñez de Balboa, 56
28001 Madrid

© 2012 Mira Lyn Sperl. Todos los derechos reservados.
A LA MAÑANA SIGUIENTE, Nº 1999 - 16.10.13
Título original: Waking Up Married
Publicada originalmente por Mills & Boon®, Ltd., Londres

I.S.B.N.: 978-84-687-3601-3
Depósito legal: M-22487-2013
Editor responsable: Luis Pugni
Impresión en Black print CPI (Barcelona)
Fecha impresión Argentina: 14.4.14
Distribuidor exclusivo para España: LOGISTA
Distribuidor para México: CODIPLYRSA
Distribuidores para Argentina: interior, BERTRAN, S.A.C. Vélez
Sársfield 1950 Cap. Fed./ Buenos Aires y Gran Buenos Aires,
VACCARO SÁNCHEZ y Cía, S.A.

Capítulo 1

OBLIGADO a escuchar las arcadas que resonaban en el elegante cuarto de baño con suelos y paredes de mármol, Connor Reed maldijo en silencio a su conciencia.

Aunque se le estuviese revolviendo el estómago y le doliese la cabeza, no podía dejarla sola. Apartó la vista del espejo, que reflejaba su rostro algo amarillento, cerró el grifo, y escurrió la toallita que había empapado.

—Eh, preciosa —llamó a la pobre criatura que estaba de rodillas junto al inodoro—. ¿Te encuentras un poco mejor?

La joven levantó la cabeza y bajo el revuelto cabello rubio sus ojos lo miraron antes de tomar la toallita empapada que le estaba tendiendo.

—Carter...

—Connor —la corrigió él, reprimiendo una sonrisa a pesar de lo irritado que estaba consigo mismo.

Ella apenas tuvo tiempo de decir «Necesitamos un

abogado» antes de que le sobreviniera una nueva arcada.

Una visita a un abogado no era la mejor manera de empezar una luna de miel, pero aquella tampoco era una situación normal. Habían pasado varios minutos desde que el cálido cuerpo acurrucado en la cama junto a él emitiera un gemido, no precisamente de placer, y saliera corriendo al baño, pero no acababa de encajar los borrosos recuerdos de la noche anterior.

Sin embargo, a juzgar por el anillo en su dedo y el anillo en el de ella, aquello era una pesadilla hecha realidad.

—Cada cosa a su tiempo, nena. Cuando te encuentres mejor ya nos preocuparemos de eso.

Ella asintió antes de vomitar de nuevo.

Dios... ¡menudo desastre!, pensó Connor masajeándose la nuca con la mano mientras miraba a su «esposa» de arriba abajo.

Doce horas atrás su sonrisa y la frescura de su belleza lo habían cautivado y, aunque en ese momento la pobre estaba hecha un desastre, acudieron a su mente recuerdos fragmentados de la noche anterior. Una chica normal y corriente que parecía haber escogido esa noche para soltarse el pelo; le había parecido que podrían divertirse un poco.

Lo que no acababa de entender era cómo había acabado echándosela al hombro, con ella riéndose y diciéndole que estaba loco, y la había llevado a una de esas capillas por las que era famosa Las Vegas, y se había casado con ella. Había tomado unas cuantas copas de más, sí, pero...

Megan se giró en ese momento, y Connor bajó la vista a la ceñida camiseta fucsia que llevaba, la misma que había llevado la noche anterior, cuando se había chocado con ella. Estampado en blanco y con letras bien grandes la camiseta decía: *QUIERO UN HIJO TUYO*. Eso era lo que había llamado su atención.

Megan alzó la vista vacilante hacia Carter... Connor, que tenía el ceño fruncido, volvió a bajarla para mirar el anillo de diamantes en su dedo... y volvió a vomitar en la taza del inodoro.

¡Se había casado con un extraño! ¡Y se había acostado con él! Y lo único que recordaba de su «noche de bodas» era el peso de él sobre ella y su frustración intentando desanudarle la corbata mientras se desvestían el uno al otro.

Y allí estaba, de rodillas en el cuarto de baño de una suite de hotel, echando hasta la última papilla, con aquel hombre de espectador. ¿Podía haber una situación más humillante? Le había dicho que la dejara sola, pero se había quedado para asegurarse de que estaba bien, como si sintiese que tenía que interpretar el papel de buen marido.

Aquel pensamiento casi la habría hecho reír si no fuera porque aquello no tenía ni pizca de gracia, y porque no podía dejar de vomitar.

—Ya no puede quedarte mucho dentro —dijo él a sus espaldas.

—Yo diría que no queda nada —gimió ella—; ahora solo he echado líquido. Imagino que será la forma de protestar de mi estómago.

—Bueno, desde luego está dejando bien claro que está molesto.

Aquel toque de humor hizo que Megan volviera a mirarlo. Era alto, y no porque ella estuviera arrodillada en el suelo. Y estaba fuerte, como los músculos del pecho, el abdomen, los hombros, los brazos y las piernas bien definidos, pero sin parecer un toro inflado, como un culturista. En cualquier caso, estaba en forma, de eso no había duda. Y encima tenía esa clase de belleza clásica, de nariz recta, pómulos elevados y, en conjunto, unas facciones tan atractivas que de pronto se encontró preguntándose cuánto tiempo llevaba mirándolo... arrodillada junto al inodoro en el que había estado vomitando.

No, aquello difícilmente podría ser más humillante. Pero daba igual. Aquel tipo con su cara de Adonis no entraba en sus planes. ¿Y qué si era guapo, o tenía sentido del humor, o que se hubiese casado con él?

El orgullo la hizo levantarse del suelo, aunque con cierta torpeza porque estaba deshidratada de tanto vomitar y porque llevaba demasiado rato arrodillada. Las piernas no le respondían como debían, y sintió que las rodillas le cedían antes de que dos fuertes manos la agarrasen por debajo de los brazos, sujetándola para que no se cayese.

—Gracias —murmuró azorada cuando hubo recobrado el equilibrio.

—No hay de qué —respondió él, y tras una pausa añadió—: Supongo que es una de las ventajas de tener un marido cerca.

Ella asintió. Estaba exhausta y abrumada por la situación, y aunque tenían que hablar no se sentía preparada para hablar de lo ocurrido la noche anterior, de los tramites que tendrían que hacer para conseguir la anulación de su matrimonio.

Antes necesitaba darse una ducha, enjuagarse la boca y lavarse los dientes. Y cambiarse de ropa, pensó bajando la vista a su camiseta.

Luego, por seguirle la broma, respondió:

—Sabía que había alguna razón por la que me había casado.

La suave risa de él hizo que girara la cabeza para

mirarlo y, al ver la sonrisa en sus labios, dejó de ser el extraño junto al que se había despertado esa mañana para transformarse en el hombre con el que tenía el vago recuerdo de haber compartido la cama la noche anterior.

¡Ay, Dios...! ¡En menudo lío se había metido! Lo único en lo que podía pensar era en que tenía que conseguir, y cuanto antes, salir de él.

Capítulo 2

Doce horas antes...

—¡Oh, venga ya! Estamos hablando de inseminación artificial —dijo Tina parpadeando con incredulidad—. Eso hace que se pierda toda la diversión.

Megan Scott apuró su martini y se echó hacia atrás en el mullido sofá de cuero del casino. Mientras consideraba tomarse otra copa ignoró como pudo la discusión de las otras dos damas de honor.

Parecía que les era indiferente que fuera de ella de quien estaban hablando, y de que ya hubiese tomado una decisión.

—La diversión viene nueve meses después —replicó Jodie—: una personita con su pijamita, su gorrito de lana y su chupete. Y sin ninguno de los «efectos secundarios» indeseados que tendría tu plan.

El «plan» de Tina, si Megan no lo había entendido mal, giraba en torno a la camiseta que había doblada sobre la mesita baja entre ellas. Una camiseta rosa fucsia que tenía escrito: *QUIERO UN HIJO TUYO*.

—Porque, a ver, hablando en serio —continuó Jodie—: imaginemos que Megan se la pone. ¿Quién te dice que el primer tipo que la aborde, atraído por esa camiseta tuya, no tenga el virus del Ébola o algo peor? Es una locura practicar el sexo con un desconocido y sin preservativo y estás intentando convencer a Megan de que lo haga.

Megan levantó de nuevo su vaso, lo puso boca abajo, y observó cómo se deslizaba hasta el borde la última gota de martini. La atrapó con la lengua y rogó por que la camarera lo interpretase como un ruego desesperado de que necesitaba otra copa. Y pronto.

—Eres una puritana; es patético —le contestó Tina.

—Lo que soy es una dama y por eso no voy a decir lo que eres tú —le espetó Jodie.

—Chicas, por favor —intervino Megan antes de que llegara la sangre al río—. Agradezco que os preocupéis por mí, pero no quiero que discutáis.

No era verdad que lo agradeciese. Habría preferido parecerles tan sosa que no hubiesen sido capaces de recordar su nombre en todo el fin de semana y que la hubiesen ignorado durante toda la cena. Pero como su madre era incapaz de guardar un secreto, toda la familia se había enterado de que iba a someterse a una inseminación artificial dentro de dos meses, y, al llegar a Las Vegas para la boda de su prima Gail, se había encontrado con una tempestad de opiniones encontradas con respecto a su decisión.

—Tina, me encanta, de verdad que me encanta esta camiseta, pero donde va a ir es a mi baúl de los recuerdos. Y Jodie, agradezco tu apoyo, pero...

Jodie levantó una mano para interrumpirla.

—En realidad no es que apoye lo que has decidido hacer; pienso que deberías esperar a encontrar un marido, como el resto de nosotras.

Los recuerdos de los dos años que había estado saliendo con Barry asaltaron a Megan, y sintió que el remolino de emociones descarnadas, vergüenza, ira, frustración, impotencia, amenazaba con absorberla. No podía dejar que eso ocurriera.

Las palabras de Barry acudieron a su mente: «Megan, te juro que yo mismo no podía imaginar que esto fuera a pasar. De repente me di cuenta de que seguía enamorado de ella».

No iba a volver a darle vueltas otra vez a eso, no iba a perder ni un segundo más de su vida desperdiciando un solo pensamiento en el hombre que se había marchado a una conferencia hablando de formar una familia con ella y había vuelto casado con otra.

Se irguió y tomó las riendas de sus pensamientos. No necesitaba a Barry. No necesitaba a ningún hombre para tener el hijo que siempre había deseado. Bueno, solo necesitaba a uno que hubiese pasado cinco minutos a solas con un vaso de plástico en un banco de semen.

Jodie suspiró y le dijo:

—Criar a un hijo es algo muy especial, pero, si esperas a que aparezca tu príncipe azul, tendrás a alguien con quien compartirlo, y será aún más dulce.

—Bueno, en realidad... —comenzó a responder Megan, pero Jodie no había terminado.

—Tú y toda la gente como tú sois el problema que tiene nuestra sociedad. La vida no es obtener lo que quieres en el instante en el que tú quieres; hay cosas por las que merece la pena esperar. Pero dicho eso, entre acostarte con un extraño que podría tener algo contagioso y lo de la inseminación artificial, respaldo lo segundo.

Megan sintió que le ardían las mejillas de ira, pero pensó en su prima Gail, y en cómo se sentiría si sus tres damas de honor se pusieran a tirarse de los pelos y se mordió la lengua.

—Ya veo. Bueno, pues gracias por... por darme tu opinión al respecto.

A Tina se le escapó la risa por la nariz y Megan estiró el cuello, intentando avistar a la camarera. Sin embargo, lo que captó su atención fue el hombre que pasó por delante de su mesa en ese momento con una mano levantada, como saludando a alguien.

Era alto, moreno, y guapo en el sentido más tradicional de la palabra: anchos hombros, atlético... La simetría de sus facciones era tan perfecta que habría sido un rostro casi anodino de no ser por la boca.

Tenía una sonrisa seductora de truhán, de esas en las que solo la mitad de la boca se molesta en sonreír. Era la clase de sonrisa que hacía que una mujer perdiese el norte intentando desentrañar los misterios que escondía.

Pero Megan ya estaba escarmentada, y apartó la vista de la mesa en la que el tipo se sentó con un amigo, o socio, o lo que fuera, y giró de nuevo la cabeza hacia Tina y Jodie... que estaban mirándola fijamente.

Tina se inclinó hacia delante, apoyando los codos en la mesa.

—¿Buscando un espécimen con los genes apropiados para que haga de donante, Megan? —le preguntó con una sonrisa burlona y una ceja enarcada—. Ese que ha pasado, ¿te parece que podría dar la talla?

Jodie entornó los ojos.

—El traje que lleva le queda demasiado bien; tiene que ser hecho a medida —murmuró—. Y mirad ese reloj, y los gemelos... Ese tipo es un buen partido, está claro. Megan, deprisa, cruza las piernas y súbete un poco la falda del vestido para enseñar muslo. Tina, haz que mire hacia aquí.

Megan abrió la boca para protestar, pero Tina era una mujer de acción y no se hizo de rogar.

—¡Vaya, Megan! —exclamó—. ¡Sabía que eras gimnasta, pero no tenía ni idea de que alguien pudiera hacer eso con las piernas! —luego esbozó una sonrisa insolente y se cruzó de brazos, echándose hacia atrás en su asiento—. No hace falta que me des las gracias.

Jodie y ella se echaron a reír, y Megan se puso roja como una amapola y bajó la vista a la mesa deseando que se la tragara la tierra, o que su vaso vacío se rellenase solo por arte de magia.

—Puede que ahora no lo veas así, pero estás mejor sin ella.

Irritado, Connor Reed se irguió en su asiento y removió el whisky con hielo de su vaso con un giro de muñeca mientras escuchaba a su mejor amigo, Jeff Norton, al que conocía desde hacía años.

—Ya. Intentaré recordármelo.

—Caro y tú llevabais casi un año juntos; es normal que estés dolido.

¿Dolido? Connor apretó la mandíbula. Aquello no era lo que había esperado cuando Jeff lo había convencido de ir a Las Vegas esa noche para que se olvidara de todo.

—Sería un golpe al ego de cualquier hombre —continuó Jeff—, y con un ego como el tuyo...

Connor resopló molesto.

—Si vamos a hablar de egos, tú tampoco te quedas corto.

—Sí, bueno, de acuerdo. Lo único que estoy diciendo es que hace dos semanas estabas dispuesto a casarte con ella, así que no me creo que el hecho de que te haya dejado te dé igual, como intentas hacer ver.

Connor sonrió.

—Estoy bien, Jeff, en serio. Caro era una chica estupenda, pero cuando me dijo lo que tenía que decirme... me sentí más aliviado que otra cosa.

Por el gruñido que soltó Jeff era evidente que no se lo tragaba. Y, bueno, hasta cierto punto podía ser que tuviera razón, pero no en el sentido que imaginaba.

No estaba destrozado porque se hubiese acabado su relación. No podía estarlo porque no había dejado que su corazón pasara a ser parte de la ecuación. Podía parecer cruel, pero era la verdad. Y era algo que Caro había entendido desde el principio.

Lo del amor no iba con él. Conocía demasiado bien lo destructivo que podía llegar a ser, porque lo había experimentado en sus propias carnes.

Lo que él quería era formar una familia. La clase de familia de la que él no había podido formar parte, aunque era lo que siempre había deseado. La clase de familia de la que su padre no le había considerado digno de formar parte porque era un hijo bastardo.

Había muchas cosas sin las que había pasado en su infancia, cosas que se había volcado en conseguir ya de adulto: dinero, respeto, su propia casa... y el próspero negocio que dirigía con mano férrea.

Sin embargo, para formar una familia necesitaba una compañera. Creía haberla encontrado en Caro, que tenía estudios, pertenecía a una buena familia, era una mujer con la cabeza en su sitio y no tenía esa dependencia emocional que mostraban otras mujeres. Parecía la elección perfecta. O eso había pensado hasta el día en que, cuando estaban comiendo, había doblado su servilleta, la había dejado junto al plato, y le había dicho sin alterarse que quería un matrimonio basado en algo más que lo que había entre ellos. Había pensado que podría conformarse con lo que él le ofrecía, pero se había dado cuenta de que no.

Él lo había aceptado. La honraba que hubiese tenido el buen juicio de decírselo a tiempo, antes de que pronunciaran sus votos.

De modo que no, no le había roto el corazón. ¿Que si estaba decepcionado? Pues sí. Pero se sentía inmensamente aliviado de no haberse casado con ella.

—Creo que te sientes solo, que estás triste —continuó diciendo Jeff.

Connor apuró su copa y notó como el alcohol le quemaba la garganta y ese calor descendía hacia su estómago. Necesitaba otra copa.

—Recuerda que hay otros peces en el mar —añadió Jeff.

¿Dónde estaría la camarera?

—Como las tres chicas de esa mesa, sin ir más lejos. ¿No las has oído? Parece que una de ella es una gimnasta. Seguro que es muy flexible en la cama —dijo Jeff con una sonrisa lobuna.

Connor enarcó una ceja y giró un poco la cabeza.

—¿Cuál de ellas?

Connor se rio.

—No lo sé; lo he dicho para asegurarme de que estabas escuchándome. Me preocupo por ti, tío.

Connor lo sabía. La amistad de Jeff había sido la única constante en su vida desde el día en que había dejado atrás la pobreza entre la que se había criado y había sido enviado al internado más exclusivo de la costa este a los trece años. El ser un hijo ilegítimo lo había convertido en un chiquillo resentido, y Jeff había tenido la mala suerte de que le tocara como compañero de cuarto. No le había dado muchos motivos para caerle bien, pero por alguna razón le había caído bien, y se habían hecho amigos.

—Lo sé —dijo esbozando una sonrisa—. Bueno, ¿dónde está esa gimnasta?

Dos rondas y unos cuarenta minutos después, Connor se había quedado solo en la mesa porque Jeff, que había estado flirteando con la camarera, había acabado desapareciendo con ella.

Se sacó la cartera del bolsillo, dejó unos cuantos billetes en la mesa y puso su vaso vacío encima. Todavía quedaba mucha noche por delante, y no tenía ganas de volver a casa. Podría ir a una de las mesas en las que estaban jugando a las cartas, o comer algo, o buscar compañía. O no. Estaba de lo más apático y...

—Disculpe.

Connor alzó la vista, pensando que sería una camarera que se había acercado a recoger y limpiar su mesa, pero en vez de eso se encontró con la rubia que estaba con dos amigas en otra mesa, la que Jeff creía que era gimnasta. A juzgar por su estatura y la curvilínea figura enfundada en vestido corto azul oscuro, no parecía una gimnasta. No estaba nada mal.

—Hola —la saludó—. ¿Puedo hacer algo por ti?

La rubia, de grandes ojos azules, sonrió vergonzosa.

—Verás, me he dado cuenta de que estabas a punto de irte, y te estaría muy agradecida si me dejaras salir de aquí contigo, como si nos estuviésemos yendo juntos.

Vaya. Connor parpadeó.

—¿Solo «como si»? —inquirió decepcionado.

Ella sonrió de nuevo y se pasó una mano por el cabello.

—Sí, bueno, es que mis... amigas vieron que me fijé en ti cuando llegaste y... en fin, no te imaginas lo pesadas que han estado todo el tiempo, así que les he dicho que me acercaría para ver si estabas interesado con tal de que me dejen tranquila.

De modo que se había fijado en él..., pensó Connor, permitiéndose recorrer su esbelta figura con la mirada. Sí, no estaba nada mal, aunque ella lo reprendiera moviendo el dedo cuando volvió a alzar la vista a su rostro.

—Ah… ah... de eso nada —le advirtió—. Mira, eres guapo, pero yo lo que quiero es salir de aquí.

Él sonrió divertido y al girar la cabeza vio que sus amigas estaban mirándolos.

—No son muy sutiles.

La rubia se encogió de hombros.

—No, por lo que sé de ellas no parece que la palabra «sutil» forme parte de su vocabulario.

Connor enarcó una ceja.

—¿Por lo que sabes de ellas? ¿Qué clase de amigas sois?

—En realidad no somos amigas; hemos venido a Las Vegas como damas de honor para la boda de una prima mía. Pero el domingo por la mañana nuestras obligaciones de damas de honor habrán terminado y espero no tener más trato con ellas. Son las mejores amigas de mi prima; se conocen desde que iban juntas a la guardería.

Ajá...

—¿Y se están entrometiendo en tu vida amorosa porque...?

Ella arrugó la nariz y puso los ojos en blanco.

—¿Hay alguna posibilidad de que me ayudes a salir de aquí? —le preguntó impaciente.

Connor se echó hacia atrás en su asiento, y le indicó con un ademán el que Jeff había dejado vacío.

—Si quieres que resulte convincente deberías sentarte un rato y charlar conmigo; al menos diez minutos.

La mirada escéptica de ella le dijo que sospechaba que estaba pensando en algo más que en ayudarla a zafarse de sus «amigas». Aunque no se parecía a las mujeres que solían interesarle, podría ser justo la clase de diversión que necesitaba. Además, parecía la clase de chica que no acostumbraba a ligar con extraños, un reto, pensó, sintiéndose cada vez menos apático.

—Vamos, solo diez minutos. Hablaremos, flirtearemos... Me puedes tocar el brazo una o dos veces para que quede más realista. Y yo puedo remeterte un mechón por detrás de la oreja. Tus «amigas» se lo tragarán. Y luego me inclinaré y te susurraré al oído que nos vayamos de aquí. Quizá podría decírtelo en un tono que te haga sonrojarte como una amapola. Tú finges estar nerviosa y te muestras tímida, pero dejas que tome tu mano y nos marchamos.

La expresión de la rubia no tenía precio. Parecía que la había puesto nerviosa solo con detallarle el plan.

—Bueno, no sé... —balbució. Tragó saliva y bajó la vista un instante a sus labios antes de que volviera a mirarlo a los ojos—. Suena convincente, supongo. Pero... ¿qué sacas tú con esto? Algo me dice que no eres solo un buen samaritano.

Connor esbozó una sonrisa lobuna.

—Lo que yo consigo son diez minutos para intentar convencerte de que me des veinte. Y luego ya veremos.

Cuando ella sacudió ligeramente la cabeza, Connor se sintió aún más decidido a seducirla. En esos pocos minutos había estado fantaseando con cómo sería una sonrisa sensual de aquella rubia, y el que fuera a hacerle sudar para conseguir que le diera una oportunidad no lo hizo darse por vencido, sino todo lo contrario.

—Quizá sea mejor que lo dejemos estar y vuelva a mi mesa —dijo ella—. No soy de esas chicas a las que les van los ligues de una noche. Y aunque estuvieses buscando algo más tampoco estaría interesada.

El tono en que dijo eso último aumentó la curiosidad de Connor.

—¿Ah, no? ¿Y eso por qué?

Ella abrió la boca para responder, pero la cerró de inmediato, y después de carraspear dijo:

—Perdona, pero es algo un poco... demasiado personal para una primera cita fingida que ni siquiera es una cita.

Connor sonrió y encogió un hombro.

—Bueno, ¿y por qué no hacemos que sea una cita, aunque sea fingida? Ya que estamos fingiendo, incluso podríamos tener una segunda y una tercera cita, que es cuando empieza lo bueno.

Los labios de ella se curvaron en una sonrisa antes de que se echara a reír.

—En serio, ¿por qué no puedes responder a mi pregunta?

Ella sacudió la cabeza, y Connor vio que estaba a punto de levantarse. No podía dejar que se fuera así después de que se hubiera armado de valor para acercarse a su mesa.

—Espera, te acompañaré hasta la salida —le ofreció, pero ella volvió a sacudir la cabeza y sonrió.

—Gracias; me las apañaré para soportar las pullas de mis «amigas» hasta que se cansen y nos vayamos.

—Como quieras. Por cierto, ya es un poco tarde para presentarnos, pero me llamo Connor —dijo él tendiéndole la mano.

—Yo Megan —contestó ella estrechándosela.

Justo en ese momento algo de color fucsia apareció volando y cayó sobre el regazo de Connor. Soltó la mano de Megan y al levantar aquella cosa fucsia con las dos manos vio que era una camiseta. Lo que tenía escrito con letras mayúsculas le hizo parpadear.

—Pero ¿qué...?

Unas cuantas mesas más allá se oyeron las voces de las otras dos damas de honor. Miró a Megan a los ojos y le dijo:

—Ahora no es solo que sienta curiosidad, es que necesito saberlo.

Megan escrutó su rostro en silencio, como si estuvieran pasando mil pensamientos por su mente, antes de claudicar con un suspiro.

—Está bien, Carter.

—Connor —la corrigió él.

Megan tragó saliva.

—Connor. Es verdad, perdona. De acuerdo, ahí va...

Capítulo 3

Nueve horas antes...

—Creo que tu subconsciente está intentando decirte algo.

Megan sonrió e intentó no reírse mientras tomaba otro sorbo de su martini.

—¿Qué?

—Este viaje a Las Vegas —respondió Connor—. Tu subconsciente te está gritando porque hay una necesidad reprimida en tu interior, está diciéndote que hagas una locura.

Megan enarcó una ceja y sonrió divertida.

—Ya. O puede que simplemente haya venido a la boda de mi prima.

—¡Ah, el poder de la autonegación...!

—Olvídalo. Ya te lo he dicho, no voy a casarme contigo, ni vamos a fugarnos, así que deja de suplicar.

Connor se rio. Los dos sabían que lo que tenía en mente era algo muy distinto; igual que los dos sabían que no hablaba en serio.

Además, ahora ya sabía cuáles eran sus planes. Se había mostrado muy interesado cuando se los había expuesto, explicándole por qué había optado por la inseminación artificial con el semen de un donante. Pero, en vez de poner tierra de por medio, había decidido que lo que necesitaban los dos era un poco de diversión. Diversión de la sana, de la que no acarreaba consecuencias indeseadas. La clase de diversión que implicaba charlar, flirtear, y beber más de lo que la prudencia aconsejaba.

Megan se había dejado llevar, y desde ese momento casi no había podido dejar de reír, mientras exploraban el casino y se divertían.

Connor le puso la palma de la mano en el hueco de la espalda y la condujo a las máquinas tragaperras.

—No sé, Megan, me parece que tratándose de una decisión tan importante deberías considerar todas las opciones antes de descartarlas.

—Puede que tengas razón —Megan señaló con un ademán a su alrededor, y añadió con una sonrisa traviesa—: Hay muchos hombres a los que considerar.

Connor sacudió la cabeza.

—No creo que encuentres al hombre adecuado aquí, entre estas máquinas tragaperras —le dijo—. Un tipo que está ahí dale y dale a una palanca de treinta centímetros apunta a que lo hace para compensar que la tiene muy pequeña.

Megan contuvo la risa a duras penas y frunció el ceño, fingiendo estar indignada.

—Apenas nos conocemos... ¿y crees que iría a por un tipo que se juega el dinero en una de estas máquinas?

Connor sonrió.

—Es verdad, debería tener más fe en ti.

Ella asintió y paseó la mirada por el casino.

—Las mesas de la ruleta es donde se concentran los que no son meros aficionados, ¿no crees? —dijo señalando en esa dirección.

—Me veo obligado a disentir. Cualquier tipo que se gaste los cuartos en un juego que se basa solo en la suerte se engaña a sí mismo. Probablemente cree en Santa Claus y en las hadas. No pinta muy bien en lo que se refiere a su estabilidad mental. No querrás que haya un alto riesgo de probabilidad de psicosis en los genes de tu bebé, ¿verdad?

Megan soltó una risita ahogada.

—No, desde luego que no. ¿Cómo puedo haber estado a punto de cometer un error así?

—A veces me preocupas —bromeó él.

Megan no recordaba cuándo había sido la última vez que se había divertido tanto, ni a otro tipo con el que se hubiese sentido así de cómoda nada más conocerlo.

—Entonces... ¿qué me dices de los hombres que juegan al *blackjack*? —inquirió señalando en esa dirección.

—También se engañan a sí mismos, creyendo que tienen el control cuando es un juego de azar. A menos que haga trampas... en cuyo caso tendrías que considerar que tal vez sea un delincuente.

Megan se rio.

—Está bien, está bien... Así que descartamos a los que juegan a las máquinas tragaperras, a la ruleta y al *blackjack*. Si ninguno de ellos es el hombre adecuado, ¿dónde se supone que debería ir a buscarlo?

Connor la miró a los ojos y esbozó una sonrisa arrogante.

—Yo te aconsejaría que evitaras a todos los hombres que frecuentan esta clase de sitios y acaban siendo miembros de Ludópatas Anónimos. Es evidente que yo soy tu mejor opción.

Megan se echó a reír de nuevo, y el sonido de su risa hizo que Connor sintiera una sensación cálida en el pecho. Y, luego, cuando esos grandes ojos azules pestañearon y sus mejillas se tiñeron de un suave rubor, una fuerte atracción lo sacudió. Por suerte, ella, que estaba tomando la copa que acababa de traerle la camarera, no pareció darse cuenta.

—Me temo que te va a costar convencerme de eso —le dijo Megan a Connor, antes de tomar un sorbo.

—Bueno, tenemos toda la noche —contestó él, y tomó un trago de su copa también.

Megan volvió a reírse. Tenía una risa adorable que hacía que le brillaran los ojos.

—¿Sabes qué? —dijo deslizando un dedo lentamente por una de las solapas de su chaqueta.

Sus ojos se encontraron, y cuando él bajó la vista a su boca, Megan se mordió el labio inferior.

—¿Qué? —inquirió Connor, alzando la vista de nuevo.

Permanecieron así un momento, mirándose a los ojos, hasta que Megan murmuró distraída:

—Estoy hambrienta.

Él también estaba hambriento, aunque no precisamente de comida. Se aclaró la garganta y asintió.

—Pues entonces soy el hombre que necesitas.

Siete horas antes...

Hasta ese momento, Connor había pensado que Megan no podía ser más adorable que cuando se reía. Sin embargo, tuvo que admitir que también le gustaba oír sus grititos de placer y verla hacer una especie de baile de la victoria meneando el trasero cuando las luces de la máquina en la que estaba jugando se volvieron locas, anunciando que había ganado.

Habían estado comiendo algo en un bufé del casino que les había recomendado un empleado, y Megan había decidido probar suerte con una de esas máquinas.

Lo había sorprendido... otra vez. Hacía un rato, en medio de una conversación intrascendente, se había abierto a él, contándole más acerca de sí misma. Era una romántica en proceso de curación después de que le hubieran roto el corazón, una mujer que había creído en el amor pero que había descubierto que eso era algo que parecía estar fuera de su alcance. Lo había aceptado, le había confesado, porque estaba cansada de perseguir algo inalcanzable.

Era una belleza con cerebro: una programadora informática *freelance* con confianza en sí misma pero a la vez modesta, lo que la hacía aún más atractiva, independiente y sin miedo a desafiar los convencionalismos para conseguir lo que quería. Y además era amable, divertida y sexy.

Connor, dejándose llevar por un repentino impulso posesivo, se quitó la chaqueta, y se la echó a Megan sobre los hombros. Era absurdo, pero lo volvía loco el solo pensar que algún otro hombre pudiese ver ese trasero tan bonito que tenía.

—Toma, ponte mi chaqueta; con el aire acondicionado aquí hace un poco de fresco —le dijo.

—¡No puedo creerlo! —exclamó Megan volviéndose hacia él—. Nunca había ganado nada.

Connor sonrió mientras la ayudaba a meter los brazos en las mangas. Le ajustó las solapas, diciéndose que estaba haciendo aquello solo porque no quería que Megan se enfriase. Luego, en vez de dejar que sus manos permanecieran tan cerca del tentador escote en uve, se dispuso a doblarle los puños de la chaqueta para que las mangas no le quedasen tan largas, y no pudo evitar quedarse admirando sus finas muñecas.

—Carter... —murmuró ella, observando cómo le acariciaba suavemente con el pulgar la cara interna de la muñeca.

—Connor —la corrigió él, sin saber qué diablos estaba haciendo.

Megan alzó lentamente la vista hasta sus labios, y se quedó mirándolos como si quisiese devorarlos. Connor se preguntó si tendría idea de lo seductora que era. Sus ojos se encontraron.

—Connor —repitió ella en otro murmullo.

Dios... Le encantaba cómo decía su nombre. Sobre todo cuando no se equivocaba y lo llamaba Carter. Se le estaba ocurriendo una idea estupenda para ayudarla a recordarlo: repetición acompañada de refuerzo positivo, del tipo que la dejaría sin aliento y la haría jadear y suplicar. Durante horas.

Podría llevar las cosas un poco más allá. Había estado flirteando con ella, pero a pesar de cada cumplido había mantenido las distancias, y había evitado el contacto visual cada vez que le había dicho algo sugerente. Y lo había hecho porque algo le decía que podían saltar chispas entre ellos. Sin embargo, no podía negar que quería más.

Momentos después estaban fuera del casino, rodeados por las brillantes luces de la ciudad.

—Fíjate, decías que no tenías suerte y has dejado secas dos máquinas de esas, una detrás de otra —le dijo Connor a Megan—. Deberíamos volver dentro para que probaras con otra cosa, como la ruleta.

Ella dejó escapar un suspiro.

—No creo que sea buena idea; sería tentar a la suerte. Me contentaré con lo que he ganado.

—Bueno, ¿qué quieres hacer ahora?, ¿quieres ir a otro sitio? —le preguntó Connor, aunque intuía que había llegado el momento de la despedida.

No quería que la noche acabara, pero Megan tenía sus planes, después de todo, y la respetaba por ello. Admiraba que tuviera claras sus prioridades, y probablemente eso era en buena parte lo que hacía que se sintiese tan atraído por ella.

Megan bajó la vista.

—Lo he pasado muy bien —murmuró jugueteando con los botones de su chaqueta, que ya le había devuelto—, pero debería volver a mi hotel.

—Yo también lo he pasado muy bien, pero estamos en Las Vegas, la ciudad que nunca duerme; la noche es joven.

Ella alzó de nuevo la vista a sus ojos.

—Para mí ya es muy tarde —dijo irguiendo los hombros—, y mañana tengo un día muy largo por delante.

—La boda de tu prima.

—Sí. Y tengo que inventarme unas cuantas mentiras sobre nuestra noche juntos —respondió ella con una sonrisa traviesa—; tengo que darles a Jodie y a Tina algo jugoso para mantenerlas entretenidas.

—¡Vaya!, ¿vas a mentirles sobre mí? —Connor le puso una mano en el hueco de la espalda para conducirla al borde de la acera y parar un taxi—. Me siento halagado.

Megan esbozó una media sonrisa.

—En realidad, probablemente no lo haga. Querría poder hacerlo, y sería estupendo ver sus caras, pero soy incapaz de mentir.

—¿Así que eres de esas personas que siempre actúan honradamente? —inquirió él.

—Supongo que sí —Megan se mordió el labio inferior y añadió—. No siempre es lo más conveniente, pero la mayoría de las veces me evita problemas.

Pues si no dejaba de morderse el labio no podría hacer nada para evitar lo que se le estaba pasando a él por la mente, pensó Connor.

Megan vio cómo estaba mirándola y apartó la vista.

—Con mujeres como esa tal Tina y esa tal Jodie, yo creo que no decirles nada sería tan efectivo como decirles que soy un semental... lo cual, dicho sea de paso, es la verdad. Deja que las devore la curiosidad y que especulen.

—¡Oooh...! ¡Eso las volvería locas! —exclamó Megan llevándose una mano a la boca y dando saltitos de excitación—. Estoy segura de que tienen una imaginación mucho más fértil que la mía.

—Si necesitas dar rienda suelta a la tuya, en eso podría ayudarte —se ofreció él con una sonrisa lobuna.

Las mejillas de Megan se tiñeron de rubor, y Connor vio la vacilación en sus ojos. Estaba seguro de que en ese momento estaba debatiéndose entre la tentación de alargar una noche que los dos habían disfrutado y lo que su conciencia le aconsejaba.

—No lo dudo —murmuró ella—. Pero...

—...pero tienes un plan —concluyó él.

Connor alzó la cabeza hacia el cielo nocturno, exhaló un largo suspiro, y parpadeó cuando bajó la cabeza de nuevo y sus ojos se posaron en un cartel de neón. Megan tenía un plan... pero tal vez esa no fuera la única posibilidad.

Dios... No quería que aquella noche terminase. Pero

si dejaba que se prolongase solo podía pasar una cosa. Y, por mucho que la tentase la idea de dejarse seducir por él, no era así como vivía su vida.

Tampoco importaba que le pareciese más un alma gemela que un extraño, o que nunca fuese a presentársele de nuevo la oportunidad de olvidarse de todo y pasarlo bien, como había hecho esa noche. Si cedía a sus impulsos, al día siguiente se arrepentiría. Y sería una lástima después de lo bien que lo habían pasado, de modo que tragó saliva e hizo lo que tenía que hacer.

—Sí, tengo un plan —respondió.

Cuando dijo esas palabras sintió un vacío en su interior, un vacío distinto al que llevaba sintiendo mucho tiempo.

—Gracias por esta velada tan maravillosa —añadió.

Los labios de él se curvaron en una de esas sonrisas enigmáticas. Era tan tentador... tan tentador...

—Megan, respecto a tu plan... —dijo Connor tomándola del codo—, hay una cosa por la que siento curiosidad.

—¿Qué cosa?

Connor dejó que sus dedos se deslizaran por el brazo de ella y tomó su mano antes de bajar la vista a sus labios y murmurar:

—Esto.

Cuando la besó, en un primer momento, como no se lo esperaba, Megan se quedó paralizada por la impresión. Luego sintió los labios de Connor frotándose lentamente contra los suyos, con una presión suave pero firme, y un cosquilleo se extendió por todo su cuerpo.

Oh, sí... Aquel era el broche perfecto para una noche que no quería que acabase. Instantes después despegaron sus labios y su aliento se entremezcló.

—Carter... —musitó ella.

—Connor —murmuró él, tan cerca que ella casi notó la vibración del sonido en sus labios.

Megan parpadeó, y alzó la vista a sus ojos.

—¿Qué? —inquirió aturdida.

Él esbozó una media sonrisa.

—Has vuelto a llamarme Carter.

—Perdona; Connor —se corrigió Megan. Exhaló un suspiro y cerró los ojos un instante, saboreando el momento—. Ese beso no ha estado nada mal.

Connor la tomó de la barbilla.

—Solo ha sido un aperitivo de lo que viene a continuación.

Ella iba a protestar, pero antes de que pudiera hacerlo o dar un paso atrás, Connor tomó sus labios de nuevo como si se creyese con derecho a hacer con ellos lo que le placiese. Las manos de Megan subieron a su camisa como si tuvieran voluntad propia, y los dedos estrujaron la tela al tiempo que un gemido escapa de su boca. Ese segundo beso fue explosivo, ardiente, como si fuera a consumirla.

Era la clase de beso que debía reservarse para la intimidad; la clase de beso que nunca habría permitido en medio de la calle. Al cabo de un rato, cuando Connor la atrajo hacia sí, apretándola contra su cálido cuerpo, dejó de pensar en que no debería estar dejando que aquello ocurriese.

La destreza de su lengua estaba haciendo que de repente sintiese que su boca era un territorio sin explorar. Nunca había imaginado nada tan exquisito como cada lenta pasada de la lengua de Connor contra la suya. Sus manos subían y bajaban impacientes por el torso de él. Quería más; mucho más.

Tal vez se arrepintiera de aquello al día siguiente, pero estaba segura de que no tanto como lo haría si se hubiese marchado en ese momento.

Cuando Connor se echó hacia atrás, poniendo fin al beso, a Megan le faltaba el aliento. Estaba sedienta de más besos, desesperada.

Se quedaron mirándose a los ojos un buen rato en un silencio tenso.

—Creo que los dos queremos lo mismo —murmuró.

Megan asintió temblorosa.

—Pero tendremos que ir a tu hotel —le susurró—. No podemos ir al mío; comparto habitación con Jodie y con Tina.

Connor bajó la cabeza y le dio un largo y lento beso en los labios antes de decirle al oído:

—Se me ocurre algo mucho mejor.

Y, de repente, sin previo aviso, la agarró por las caderas y se la subió al hombro antes de ponerse a andar. Megan se echó a reír, llamándole cavernícola, y exigió saber dónde la llevaba.

—Tengo un plan —contestó él entusiasmado—. Te lo contaré por el camino; el sitio donde vamos está aquí mismo.

Capítulo 4

EL ruido del agua de la ducha se paró, y la suite se quedó en completo silencio. Connor, que estaba observando la espectacular piscina del hotel a través de las puertas de cristal de la terraza, se preguntó cómo estaría Megan cuando saliese del baño.

Había conseguido mantenerse entera al darse cuenta de cuál era la situación, y hasta había sido capaz de bromear, en medio de la vomitona, pero tan pronto como se había sentido con fuerzas para mantenerse en pie le había pedido que la dejase a solas para poder asearse.

Y desde ese momento Connor había estado esperando. Había oído el chasquido del pestillo de la puerta del baño cuando había cerrado al salir él, y luego un sollozo antes de que el ruido de la ducha ahogara cualquier otro sonido.

Megan quería que buscaran un abogado. Comprendía su reacción, y no podía negar que el alcohol había ejercido cierta influencia en sus actos de la noche an-

terior, pero su mente se había aclarado y se había rea-
firmado en que había tomado la decisión correcta en
el momento propicio.

Los dos querían lo mismo; ¿cómo habría podido
ignorar eso? Además, cuando le había expuesto su
plan, a ella le había parecido perfectamente lógico y
había accedido. Por eso no creía que hubiera cometido
un error.

En ese momento se oyó el pestillo, y Connor apretó
los dientes preparándose para lo peor, como que Megan
se pusiera histérica y empezara a gritarle. Sin embargo,
cuando la vio abrir la puerta, envuelta en un albornoz
que le quedaba demasiado grande, y apartar de su frente
un mechón húmedo, se quedó sin aliento. Era preciosa.

Luego, la firmeza de su mirada le dijo que no iba a
tener un acceso de histeria, aunque a juzgar por su
lenguaje corporal, brazos cruzados, una mano sujetan-
do las solapas del albornoz, y la otra asida con fuerza
a su cintura, sugería que no estaba precisamente con-
tenta. Parecía recelosa, alerta, y con la cabeza fría.

Era una mujer fuerte, pensó Connor, y eso le pareció tan sexy como las uñas de sus pies, que asomaban
por debajo del dobladillo del enorme albornoz pinta-
das de rosa.

—¿Te encuentras mejor? —le preguntó.

—Sí, gracias —Megan se aclaró la garganta y miró
a su alrededor brevemente antes de centrar de nuevo
su atención en él—. Lo necesitaba; necesitaba unos
minutos para poner mis pensamientos en orden. Perdona que te haya tenido esperando.

Y además considerada. Era encantadora.

—No pasa nada. Lo entiendo.

Megan inspiró y fue directa al grano.

—Bueno, como te decía antes, lo primero que ne-
cesitaremos será un abogado que nos ayude con los

trámites legales para que nos concedan la anulación
—levantó el pulgar para empezar a contar—. Aunque
me apuesto lo que quieras a que en recepción tendrán
algún tipo de información disponible; un folleto o algo
así. Al fin y al cabo estamos en Las Vegas, y esto le habrá pasado a mucha gente antes que a nosotros. Pre-
guntaré cuando baje a hacer fotocopias de los papeles
que nos dieron en... bueno, en la capilla donde nos casamos.

Connor asintió y frunció el ceño. Era una mujer independiente y con las ideas claras, pero estaba enfo-
cando aquello en la dirección equivocada, se dijo
mientras ella seguía contando con los dedos. Ya estaba
a punto de llegar a cuatro cuando fue hasta donde estaba y cerró su mano en torno al dedo anular de ella,
que acababa de levantar.

—Eh, eh... no te embales.

Megan parpadeó.

—Y en cuarto lugar... esto —dijo moviendo el
dedo atrapado en su puño—: tu anillo. Tenía miedo de
quitármelo y perderlo antes de poder devolvértelo.

Connor dejó caer la mano y frunció el ceño de
nuevo al ver que se disponía a quitárselo.

—Espera, deja que te lo vea puesto.

Megan alzó sus ojos hacia los de él con una expresión inquisitiva y recelosa.

—Te sienta bien —dijo Connor.

No se arrepentía en absoluto del dinero que había
desembolsado en él la noche anterior.

Megan asintió y esbozó una pequeña sonrisa.

—Es el anillo más deslumbrante que he visto —
contestó admirando los pequeños diamantes engarza-
dos en la montura de plata—. Ojalá recordará algo
más aparte de cómo brillaba bajo los fluorescentes del
cuarto de baño de la capilla.

Connor frunció el ceño.

—¿No te acuerdas de cuando fuimos a comprar los anillos?

Megan tragó saliva.

—Me gustaría poder decir que sí, pero la verdad es que no —sacudió la cabeza—, pero tampoco creo que eso importe demasiado.

De eso nada.

—Megan, a mí sí me importa. ¿Tampoco recuerdas el momento en que te pedí que te casaras conmigo?

—No —respondió ella sin la menor vacilación, sin pestañear siquiera.

—¿Y de la boda?

—No, lo siento.

Connor se quedó mirándola, sin poder dar crédito a lo que estaba oyendo. Sí, Megan había bebido unas cuantas copas de más la noche anterior, y él también, pero... ¿que no recordase nada?

—Megan... —comenzó, esforzándose por reprimir su frustración—. ¿Cuánto recuerdas exactamente de lo que ocurrió anoche?

—Unos minutos aquí y allá; mis recuerdos son muy vagos.

La preocupación de Connor aumentó, y Megan, que se había quitado el anillo, se lo puso en la palma y le cerró la muñeca.

—Recuerdo haberte visto pasar cerca de nuestra mesa, en el casino, y pensar que eras muy guapo. Y recuerdo que a lo largo de la noche me reí un montón. Y luego recuerdo vagamente un momento en el que estabas bromeando sobre escoger una vajilla. Y recuerdo... —sus mejillas se tiñeron de un suave rubor—. Recuerdo que en varios momentos pensé que debía pisar el freno y dejar de beber, porque yo no suelo beber mucho, pero me lo estaba pasando tan bien... Y recuerdo cuando firmé en la capilla y pensé... Dios, no sé lo que pensé, así que supongo que ni siquiera me paré a pensar lo que estaba haciendo —murmuró apartando la mirada.

Connor se quedó mirándola de nuevo, aturdido. No le extrañaba que estuviese tratando su matrimonio como un souvenir barato de Las Vegas, uno de esos que sabes que a los dos días acabará en la basura. No recordaba las razones que le había dado para cambiar sus planes. ¡Si apenas se acordaba de él! Y sin embargo había conseguido mantener la calma. Era una mujer fuerte, la clase de compañera que necesitaba.

Megan frunció los labios y le preguntó:

—Imagino que no sabrás dónde está mi vestido, ¿no?

Los recuerdos de Megan con aquel escueto vestido azul oscuro inundaron de inmediato la mente de Connor, pero en ese momento lo que menos le importaba era dónde había ido a parar el vestido.

—Megan, siento mucho todo esto. Si hubiera sabido que no recordabas nada te habría explicado lo que pasó. ¿Por qué no me has preguntado?

Megan le dio la espalda, cerró los ojos e inspiró. ¿Que por qué no le había preguntado? Porque los detalles no eran importantes y porque podía imaginarse por sí sola lo ocurrido, aunque fuera únicamente a grandes rasgos.

Connor seguramente la había tentado con todas las cosas que se había dicho sin las que podía vivir: la atención de un hombre encantador y deseable, la oportunidad de comportarse de un modo completamente espontáneo, darse el capricho de una noche loca, cosa que ni siquiera se le pasaría por la cabeza cuando fuese madre.

—¿Megan? —la profunda voz de Connor la sacó de sus pensamientos un instante antes de que sus manos se posaran en sus hombros—. ¿Por qué?

—No importa.

Connor la hizo volverse hacia él y le apretó los hombros.

—Te equivocas. Me parece que no lo entiendes: lo de anoche no fue una gansada que tengamos que rectificar.

Megan parpadeó, incapaz de apartar la vista de los intensos ojos castaños de Connor. ¿Creía que lo que habían hecho tenía sentido, que aquello podía tener futuro? No era precisamente lo que necesitaba oír.

—Pues tenemos que rectificarlo porque yo tengo planes, ¿sabes? No...

No podía volver a apostar por algo en potencia; ya estaba cansada, y no quería perder más tiempo de su vida.

—Lo sé, me hablaste de tu plan anoche, pero mi plan es mejor. Y cuando te lo expuse me dijiste que estabas de acuerdo en que lo era.

¿Le había contado su plan de someterse a una inseminación artificial? Megan se reprendió en silencio, sintiéndose como si se hubiese traicionado a sí misma.

Afloraron a su mente imágenes de los dos riéndose en el casino, y se preguntó si aquello podría ser una broma de mal gusto por parte de Connor, pero cuando lo miró a los ojos algo le dijo que no, que estaba hablando en serio. ¿Entonces qué...?

—¡Oh, Dios mío! ¿No te... no te ofrecerías voluntario para ser mi donante de esperma?

—¡No! Bueno, no en el sentido en que estás pensando.

¿No en el sentido en que estaba pensando? ¿Y en qué sentido entonces? Una nueva ola de pánico la invadió y bajó la vista a su mano, donde hasta hacía unos instantes había estado el anillo. Se había casado con ella, así que no parecía una donación; de hecho la palabra «donar» significaba dar algo libremente, mientras que aquel tipo la había atado a él con unos lazos muy particulares. ¡Quería tener derecho sobre su bebé!

De pronto su respiración se aceleró, y aún así parecía que le faltara el aire.

—Espera, Megan. No sé lo que estás pensando, pero por la cara que tienes puesta me parece que te estás equivocando. Deja que me explique.

—Eres gay, ¿no?

¿Por qué si no un tipo guapo como él le estaría haciendo lo que le estaba haciendo?

—Esto...

La sonrisilla que asomó a los labios de él le dijo a Megan que estaba en lo cierto.

—Eres gay y no quieres que tus padres lo sepan. Y supongo que necesitas darles un heredero para que no te desheredeten o algo así.

—No... eh... yo... verás...

Megan sacudió la cabeza y resopló.

—Mira, Connor, me da igual. Fuera cual fuera el acuerdo al que llegáramos anoche, lo siento pero se acabó.

Había bebido demasiado. Aunque hubiera firmado un puñado de documentos no podían ser válidos. Y no estaba atada a él; podía marcharse en cuanto quisiera. A menos que... Abrió mucho los ojos y se quedó mirándolo horrorizada.

—¿No intentarías... anoche no intentarías dejarme embarazada?

La sonrisilla divertida se esfumó de los labios de Connor, y la miró aturdido con una expresión que, para espanto de Megan, parecía de culpa.

Connor levantó una mano para pedirle que lo dejase explicarse, pero Megan dio un paso atrás y se rodeó el estómago con los brazos, asqueada de haber dejado que aquello ocurriese.

—No se puede ser más estúpida —masculló furiosa consigo misma.

A Connor se le escapó una risa ahogada, como nerviosa.

—Megan... —dijo en un tono suplicante.

A ella le daba vueltas la cabeza. Aunque no la hubiese dejado embarazada, lo había hecho con un desconocido sin ninguna precaución. Recordó las palabras de Jodie sobre las enfermedades de transmisión sexual y el estómago le dio un vuelco.

—Podría haberme contagiado algo... —murmuró angustiada, sin darse cuenta de que lo había dicho en voz alta.

—¡Megan! —la interpeló él, como si estuviera perdiendo la paciencia—. ¿Quieres hacer el favor de mirarme? —dijo agarrándola por los hombros—. Para empezar, no tengo ninguna enfermedad y siempre utilizo preservativo. Segundo: no estoy pendiente de recibir una herencia, y cada centavo que tengo lo he ganado con el sudor de mi frente. Tercero: ¿de dónde diantres has sacado esas ideas? Cuarto: no me he casado contigo porque quiera un bebé, sino porque tenemos metas y expectativas similares y porque... bueno, también porque me gustas mucho, maldita sea.

Megan, que cada vez entendía menos, sacudió la cabeza.

—Pero eso no tiene sentido...

Connor continuó como si no hubiera dicho nada.

—Y quinto: anoche no intenté dejarte embarazada; ni siquiera hubo sexo —concluyó dejando caer las manos de sus hombros.

Megan se quedó boquiabierta. De modo que era gay... No sabía por qué, pero esa revelación la hizo sentirse decepcionada en vez de aliviada.

—Pero cuando me desperté estaba desnuda —replicó.

Al salir corriendo al baño a vomitar se había tropezado con sus braguitas y la espantosa camiseta de Tina, y se las había llevado para taparse un poco.

—Bueno, he dicho que no hubo sexo, no que no pasara nada entre nosotros —respondió él.

Sus ojos descendieron por su cuerpo, y Megan sintió que su intensa mirada la quemaba, como si no llevase puesto siquiera aquel albornoz. Tragó saliva.

—Está bien, te creo; probablemente no seas gay.

—No sé, ¿estás segura? —la picó él enarcando una ceja y esbozando una sonrisa lobuna.

De acuerdo, «probablemente» no era la palabra adecuada. Decididamente no era gay. Y decididamente no debería haber sacado el tema del sexo, porque en ese momento lo sentía mirándola con ojos de depredador.

—Podría demostrártelo —murmuró Connor dando un paso hacia ella—. Puedo ser muy persuasivo cuando me lo propongo.

—Connor... —le advirtió ella, intentando no reírse.

¿Reírse? Debería estar espantada, preocupada. Se había casado con un completo desconocido y no se acordaba de nada porque la noche anterior se había emborrachado. Y, sin embargo, aunque no sabía por qué, con sus bromas Connor había conseguido que se calmase.

—Megan —le dijo él poniéndose serio—, la razón por la que anoche no lo hicimos es porque pasaste de estar riéndote y flirteando conmigo, a no encontrarte demasiado bien. Y ahí terminó todo; al final lo único que hicimos fue dormir. Así de simple.

Por algún motivo ella no tenía la sensación de que hubiera sido tan simple.

Connor la tomó de la mano.

—Debería haberme dado cuenta de que estabas bebiendo demasiado y haber hecho que pararas.

—Ya no soy una niña, Connor. Debería haberme dado cuenta yo y haber parado, pero no lo hice —inspiró y se masajeó las sienes doloridas—. Y mira cómo he acabado.

—Casada —Connor le puso la palma de la mano en la mejilla y la miró a los ojos, aún igual de serio—. Con un hombre que es la mejor alternativa a tu plan, aunque no te lo parezca porque no recuerdas nada de anoche.

—Pero ¿a ti sí te lo parece? —inquirió ella, intentando mostrarse sarcástica, sin conseguirlo.

De pronto pensó que preferiría verlo esbozar de nuevo una de esas sonrisas petulantes, porque aquella mirada tan intensa la hacía sentirse nerviosa.

—Cada vez más.

Capítulo 5

MEGAN se sonrojó.

—Debería intentar encontrar mi vestido —balbució.

Diablos... Connor se metió las manos en los bolsillos del pantalón. Los ojos azules de Megan recorrían nerviosos el dormitorio, como si en algún oscuro rincón fuera a encontrar algo que la salvara de aquella situación. Se iluminaron acompañados de un gritito de alivio, y Connor vio que había encontrado el vestido.

—Gracias a Dios; supongo que me lo he ganado a pulso, pero no quería tener que salir de aquí en albornoz —dijo Megan, pero luego bajó la vista al vestido y se mordió el labio al ver lo arrugado que estaba.

—Puedo llamar a recepción para que te consigan algo de ropa si quie...

Megan lo interrumpió antes de que pudiera acabar.

—¿Qué? No, ni hablar... Me pondré una camisa y un pantalón tuyos, o lo que sea.

Connor esbozó una sonrisa traviesa.

—Me atrae la idea de verte con mi ropa, pero...
¿qué tal si desayunamos antes?

Megan parpadeó.

—No puedo quedarme a desayunar. Tengo una boda
hoy, ¿recuerdas? Una boda de verdad.

Connor se puso tenso.

—No como la boda de anoche, quieres decir, que
no fue una boda de verdad, pero que sin embargo tiene validez legal.

Ella lo miró azorada.

—Solo quería decir que...

Connor levantó una mano para interrumpirla.

—No hace falta que te disculpes; sé lo que querías
decir. Una boda que los novios tienen planeada desde
hace meses. Sé que esto te parece una locura, y que
estás desesperada por salir de aquí, pero estamos casados, Megan. Tenemos que hablar de esto y aún faltan
horas para la boda de tu prima. Comeremos algo para
que se te asiente el estómago y charlaremos y nos co-
noceremos un poco mejor —al verla vacilar, añadió—.
Venga, salta a la vista que eres de esas personas que
necesitan tenerlo todo bajo control; seguro que hay un
montón de cosas que quieres preguntarme.

La mirada de Megan lo decía todo: tenía un millón
de preguntas que hacerle. Pero había más que curiosidad en sus ojos azules; también había miedo. Era
como si le preocupara lo que pudiera descubrir con
sus respuestas.

—Vamos, Megan, soy un buen tipo.

—Lo sé; es solo que estoy confundida, y me siento
abrumada y... —Megan irguió los hombros—. Bueno,
si nos vamos a divorciar, no creo que tenga mucho
sentido que nos conozcamos mejor.

Connor frunció los labios y se cruzó de brazos. Sin
duda, un divorcio sería la solución más simple. Podría

dejarla marchar, podría encargarle el asunto a un par de sus abogados y que lo resolvieran de un modo rápido y discreto.

Megan no recordaba nada de la noche anterior, así que sería casi como si nada de aquello hubiese pasado. Pero él sí recordaba.

Se encogió de hombros y con fingida indiferencia se sacó el as que tenía guardado en la manga.

—Ya, supongo que tienes razón. Además, si necesitas hablar, estoy seguro de que Jodie y Tina estarán encantadas de escucharte. Al fin y al cabo todavía tienes... ¿qué, cuatro horas antes de que empiece la ceremonia?

Megan dio un respingo y lo miró preocupada.

—¿Tina y Jodie lo saben?

¡Bingo! Oh, sí, su mujercita no iba a irse a ninguna parte; o al menos no durante unas horas.

—Saben que nos marchamos juntos del casino... y que no volviste anoche al hotel donde compartes habitación con ellas.

—Está bien, tú ganas. Juguemos a «vamos a conocernos mejor».

Connor reprimió lo mejor que pudo la sonrisilla victoriosa que luchaba por asomar a sus labios, y fue a abrir la puerta del dormitorio, que conectaba con la sala de estar de la suite. Era muy espaciosa y tenía grandes ventanales, elegantes muebles, y una exquisita decoración.

Megan vaciló antes de cruzar la puerta, y vio que en la mesa de la zona del comedor ya les estaba esperando un generoso desayuno.

—Bueno, Megan —comenzó a decir Connor cuando se hubieron sentado—, lo primero que deberías saber de mí es que...

—¿Sí?

—Pues que no quiero divorciarme de ti.

Megan puso los ojos como platos y se movió inquieta en su asiento.

—¿Qué? ¿Cómo que...? —balbució—. ¡Estás loco!

Levantando la vista de su taza de café, en la que se había servido una generosa cantidad de nata, Connor sonrió.

—Eso es exactamente lo que dijiste anoche. Claro que cuando me lo dijiste te reías, y también dijiste otras muchas cosas, como «oh, sí, no pares», casi sin aliento.

Megan se sonrojó. No era difícil imaginar en qué circunstancias habría dicho aquello, y habría preferido no imaginárselo, pero no pudo evitarlo. De hecho, cada vez que sus ojos se posaban en los cautivadores labios de Connor empezaba a imaginárselo de nuevo. A imaginárselo, porque recordar no recordaba casi nada.

—Con todo lo que había bebido no sabía lo que hacía —respondió—, así que anoche no cuenta.

Connor volvió a encogerse de hombros.

—Para mí sí cuenta. Y si me dejas te explicaré por qué también cuenta para ti —dijo tendiéndole una fuente con cruasanes—. Anda, come.

Megan tomó un cruasán, lo dejó en su plato, y se quedó mirándolo un momento. Estaba nerviosa, se sentía frustrada, y bastante preocupada por el hecho de que Connor no quería poner remedio a aquel error monumental. No quería divorciarse de ella. No lo entendía; aquello no tenía sentido.

—Ni siquiera me conoces —comenzó a decirle, sacudiendo la cabeza—. Y, aunque hubiera estado hablando por los codos desde el momento en que nos conocimos, no podrías decir que me conoces. No sabes nada de mis creencias, mis defectos, mis complejos...

Connor exhaló un suspiro.

—Sé, por lo que me contaste anoche, que quieres formar una familia, y que aunque has salido con varios hombres, nunca te has enamorado. Te pasa igual que a mí: la gente va como yonquis en busca de un romance de cuento de hadas, y ese no va conmigo. Estás cansada de esperar con cada relación que las cosas sean distintas, de sentirte vulnerable, y al final te has dado cuenta de que lo que verdaderamente quieres es un hijo y por eso habías decidido hacerte una inseminación artificial.

De acuerdo, quizá sí que sabía algo de ella. Megan se echó hacia atrás en su silla y observó a Connor, que estaba untando mantequilla en su cruasán como si nada.

—Come —la instó una vez más—; mientras te aclararé unas cuantas cosas que creo que son importantes.

Megan cortó su cruasán y se acercó una tarrina de mermelada.

—Para que lo sepas, ya llevaba un tiempo pensando en casarme —le dijo Connor—, pero al contrario de lo que pueda derivarse de la situación en la que nos encontramos, el matrimonio no es algo que me tome a la ligera, ni a lo que me lanzaría sin haberlo meditado seriamente.

Cuando ella abrió la boca para replicarle, levantó una mano para pedirle que le dejara continuar.

—El matrimonio son los cimientos de una familia, y yo quiero formar una familia con unos cimientos sólidos como una roca. Quiero dar a mis hijos la seguridad de que no se derrumbará por los caprichos de un corazón inconstante o por algún tipo de celos o resentimiento. Llevo años esperando encontrar a una mujer con unas prioridades parecidas a las mías —bajó la vista a la mesa, y cuando volvió a mirarla, añadió—:

Y, antes de que empieces a pensar que anoche iba buscando algo, te diré que no es así. Solo pretendía pasar un buen rato, y lo estábamos pasando bien, pero en un momento dado me di cuenta de que eras la mujer que tanto tiempo llevaba esperando encontrar.

—¿De verdad pensaste eso?

—Sí. Y quiero que sepas que respeto muchísimo que antepongas tu deseo de ser madre a encontrar a un compañero —le dijo Connor—. Porque es cierto que lleva tiempo construir una relación, y si tienes ese hijo y empiezas a salir con un hombre eso te quitará tiempo de estar con el niño, ¿no? Y si se convierte en una relación seria y le presentas ese tipo a tu hijo y al final la cosa no funciona ya no serás la única que se lleve una decepción; tu hijo también lo sufrirá. Dice mucho de ti que no quieras que pase por eso. Y como te he dicho, lo respeto.

Connor se había expresado en un tono calmado, pero sus palabras denotaban una empatía que Megan no había esperado. ¿Habría pasado por algo similar a lo que ella había pasado? Habría querido preguntarle por su infancia, por sus padres, por cosas de las que no sabía si habrían hablado la noche anterior, pero eso sería como abrir nuevas puertas, y ya se sentía bastante confundida como para añadir a la imagen que tenía de Connor la de un chiquillo vulnerable.

—No lo entiendo —contestó sacudiendo la cabeza—. Si respetas lo que quiero hacer, ¿cómo es que hemos acabado casados?

Los ojos castaños de Connor se clavaron en los suyos.

—Porque lo que te ofrecí era mejor que tu plan.

—¿En qué sentido?

—Es muy sencillo. Lo que hay entre nosotros no es amor, Megan. Aquí de lo que se trata es de que reunimos todos los «requisitos» necesarios para que una relación funcione, sin ese componente emocional que hace que se venga abajo. Se trata de respeto y de comprometerse. De metas compartidas y prioridades compatibles. Se trata de ver el matrimonio como una colaboración entre dos socios, en vez de como una fantasía romántica. En dos personas que se gustan y se llevan bien.

Que se gustan y se llevan bien... Ese había sido el punto de partida en todas sus relaciones; la única diferencia estaba en que, en esas relaciones, ni a ella ni a su pareja les había parecido que eso fuese suficiente. Connor en cambio...

—Así que lo que quieres decir es que de lo que se trata es de las expectativas que se tengan puestas en el matrimonio, ¿no es eso? Y que si se limitan las expectativas nadie acabará decepcionado.

—Más bien si se escogen unas expectativas sensatas —la corrigió él—, porque irá en favor nuestro.

Megan asintió lentamente.

—Así que más que marido y mujer seríamos como... socios.

Bueno, era de esperar. ¿Qué otra cosa podría querer de ella un hombre como él?

Connor frunció el ceño y la miró a los ojos.

—No estoy hablando de una relación sin ningún tipo de cariño. Estoy hablando de partir de una amistad y mejorarla.

—Si lo que estás buscando es una amiga, Connor, estoy segura de que tienes cientos de mujeres entre las que escoger. Mujeres a las que conozcas mejor, en las que confíes, mujeres que quieran lo que me estás proponiendo.

Connor se quedó mirándola un momento antes de responder:

—Pero es que es a ti a quien quiero como compañera. La verdad es que no hay otra mujer a la que conozca mejor. Al menos en cuanto a prioridades y valores. Además, cuando nos conocimos no te movían motivos ocultos, ni sabías quién era, ni si tenía dinero o no, y tampoco lo que yo quería. De hecho, desde el principio, lo que más me llamó la atención de ti fue lo sincera que fuiste, aun a riesgo de que fuera en tu detrimento. Anoche me hablaste mucho de ti, y me gusta lo que descubrí, Megan: eres independiente, inteligente, tienes sentido del humor, una conversación interesante, eres auténtica... —le explicó—. Es verdad que hay cosas de ti que para mí aún son un misterio, pero me gustan las cosas que sí sé, como qué es lo que quieres de la vida, quién eres, y que nos llevamos bien.

Megan tragó saliva.

—Pero todo eso lo dices por las horas que pasamos juntos anoche.

No le parecía que eso fuera suficiente.

—Anoche, esta mañana, ahora mismo... me gusta lo que veo delante de mí.

—Ya, pero... aunque sea la clase de mujer que estabas buscando, ¿qué te hace pensar que eres el hombre adecuado para mí?

—Cuidaré de ti.

—Sé cuidar de mí misma.

—Lo sé. Es una de las muchas cosas que aprecio de ti, que eres fuerte e independiente, que tu felicidad no dependerá de la atención que pueda dedicarte en una semana o a la siguiente. Pero, a pesar de eso, con mi apoyo no tendrías que ser una madre soltera con un único sueldo —contestó él—. Si te casas conmigo podrás dedicarte por entero a nuestros hijos en vez de ser una esclava del mercado laboral. O puedes seguir trabajan-

te...
dió—...
en cual...
me; podrí...
habría nada q...
espero de una e...

Ella se tensó.

—¿Que son?

—Mis negocios tie... ...
cial, así que necesito un... ...apaz de
mantener el equilibrio en un... ...que haga
de anfitriona y me acompañe a... ...a a los que
tenga que ir: cenas, fiestas, actos... ...os... No sería
más de un par de veces por semana. ...los niños, tantos como tú quieras tener, serán siempre lo primero. Y
por último espero respeto hacia mí y a nuestros votos
matrimoniales.

Megan comprendió de inmediato.

—Fidelidad.

—Fidelidad —confirmó Connor asintiendo—.
Conmigo no te sentirás sola, Megan. Sé que lo que te
estoy proponiendo se sale de la norma; no habrá cortejo ni promesas de amor eterno. Pero no somos gente
tradicional —tomó su mano—. Creo que tenemos una
posibilidad de hacer que esto funcione; lo único que te
pido es una oportunidad.

Una oportunidad... Megan tenía la sensación de
que sí podría funcionar, y eso era parte del problema,
porque cuando había algo bueno luego dolía perderlo.
Ya le había pasado demasiadas veces, y por eso había
tomado la decisión que había tomado.

Claro que con Connor el amor no era parte de la
ecuación; solamente quería una «socia», alguien que

onado con una casa llena de niños,
e encariñaba con él, y si llegaba a creer
na familia de verdad y un día él cambiaba
y la dejaba? No podría soportarlo.

—Necesito pensarlo —se levantó y fue hasta las
puertas de la terraza.

Connor fue tras ella, le puso las manos en los hombros, y se los masajeó suavemente. Una parte de ella quería apartarlo, pero otra se daba cuenta de que solo quería mostrarle la clase de apoyo que estaba ofreciéndole, recordarle que no estaría sola, que habría alguien detrás de ella, respaldándola.

—Lo comprendo, Megan. No recuerdas nada de anoche y te asusta aceptar mi palabra sobre algo de esta magnitud —Connor se apretó contra su espalda y apoyó la barbilla en su cabeza mientras seguía masajeándole los hombros.

Megan sintió que la tensión la abandonaba, y no podía pensar en otra cosa más que en lo agradable que era aquella sensación.

—No te estoy pidiendo que me creas —añadió él—, solo que creas en ti misma.

Megan se giró y puso las manos en su pecho como si fuera lo más natural del mundo.

—¿Que crea en mí?

Connor le apartó un mechón de la frente.

—Anoche aceptaste casarte conmigo; ¿no quieres averiguar por qué?

Capítulo 6

CONNOR todavía no se lo podía creer: Megan había accedido a pasar el día con él, a darle una oportunidad para demostrarle que su matrimonio no era un error. Y eso implicaba que iría con ella como acompañante de la boda de su prima Gail.

Se sirvió otro café mientras ella hablaba por teléfono con la novia. Megan apenas había dicho hola cuando se quedó sospechosamente callada, para luego balbucir algo y quedarse callada de nuevo. Aquello confirmaba lo que él había sospechado desde el principio, que Jodie y Tina se habían ido de la lengua.

—Sí, bueno, he pasado la noche con él... Pues claro que estoy bien, pero eso no... Gail, hoy es el día de tu boda y... Sí, es muy guapo...

Esa era la diferencia entre los hombres y las mujeres. Él le había mandado un mensaje a Jeff para decirle que había surgido algo y que se pondría en contacto con él la semana siguiente, y su amigo le había respondido con un escueto: *OK, ya hablamos.*

Cierto que habría dicho algo más si hubiese mencionado que se había casado y que la mujer que le había dado el sí quiero no se acordaba de nada, pero... bueno, no era esa la cuestión.

—Ya sé que no es propio de mí... —continuó diciéndole Megan a su prima—. No, por supuesto que no hubo drogas de por medio.

Connor, que ya había acabado de desayunar, se levantó y fue a sentarse en el sofá a leer uno de los periódicos que les habían subido con el desayuno.

—¡Gail, para! —exclamó Megan—. Hoy es tu día. ¿A qué hora quieres que esté ahí para que te ayude a prepararte? ¿Cómo?, ¿Que no quieres que...? —balbució, haciendo que Connor levantara la mirada curioso—. Ah, ya, es por Jodie y Tina... No, me parece bien; lo que quiero es que el día de tu boda sea perfecto... De acuerdo, entonces quedamos en eso. Oh, y... Gail, ¿crees que podrías hacer que me enviaran aquí el vestido de dama de honor?

Después de aclarar unos cuantos detalles más, Megan colgó y se giró hacia Connor con una sonrisa vacilante.

—Bueno, tengo buenas noticias: disponemos de unas cuantas horas más para conocernos.

—¿Y eso?

—Gail no quiere que Jodie y Tina se pongan a acribillarme a preguntas y a discutir entre ellas mientras se prepara para la ceremonia, así que hemos quedado en que las tres nos reuniremos con ella junto a la limusina cuando llegue el momento de irse.

—Ven aquí —la llamó él, dando unas palmaditas en el asiento libre del sofá, junto a él.

Megan se levantó y fue hasta allí con una sonrisa algo forzada y una mirada aprensiva. ¡Y un cuerno «buenas noticias»!, pensó Connor. Era evidente que había contado con que sus obligaciones como dama de honor le sirvieran de excusa para no pasar tantas horas a solas con él.

Tomó a Megan de la mano y la hizo sentarse a su lado, dejando espacio entre ambos, pero sin soltar su mano.

—¿Sabes qué? Podríamos olvidarnos por un momento de las razones por las que te has llevado una ganga al casarte conmigo y relajarnos un poco charlando.

Ella bajó la vista a sus labios y se echó un poco hacia atrás.

—Me estás recordando a esos charlatanes que van por los pueblos, y que vas a intentar venderme algún remedio milagroso. ¿Por qué será?

—Porque estás siendo pesimista. Pero no tienes motivos; sé que no recuerdas casi nada de anoche, pero puedo decirte que hablamos y hablamos y hablamos. De todo y nada. Parece que nos entendemos bien —soltó su mano y le echó al regazo el periódico que había estado leyendo—. Así que venga, vamos a empezar: lee este titular de la portada y di lo primero que se te pase por la cabeza.

Al cabo de un rato Megan estaba riéndose y dándole con el periódico en la cabeza.

—¡Eres un tramposo! —lo acusó entre risas, clavándole un dedo en el pecho.

Connor, que estaba protegiéndose la cabeza con los brazos, sonrió con aire inocente.

—¿Quién, yo? Si solo estamos hablando...

Megan le lanzó una mirada escéptica, dándole a entender que sus trucos no iban a funcionar con ella.

—Sí, ya, hablando de un artículo sobre la reforma educativa, y resulta que... ¡oh, curiosamente tenemos unas opiniones muy parecidas respecto a ese tema!

Una sonrisa traviesa asomó a los labios de él.

—Bueno, sí, yo llevaría a mis hijos a un colegio privado pero nunca a un internado y tú dices que harías lo mismo; ¿y qué?

—Umm... Y aunque te gusta practicar deportes de riesgo, dices que por supuesto dejarías de hacerlo si supieras que ibas a ser padre.

—Te lo he dicho: tenemos muchas cosas en común.

—Sí, y estoy segura de que has omitido convenientemente las cosas en las que no estamos de acuerdo.

La sonrisa de Connor se tornó lobuna.

—¿Te he dicho ya lo sexy que me pareces cuando replicas así?

Megan sintió un cosquilleo en el vientre, y se apresuró a apartar la mirada antes de que Connor pudiera ver el efecto que tenían en ella sus palabras.

—Te acuso de intentar embaucarme con juego sucio... ¿y esa es tu respuesta?

—Pues sí —respondió él tan fresco antes de tomarla de la barbilla para que lo mirara a los ojos—, pero es porque quiero que seas positiva y te des cuenta de que esto no es un error.

En ese momento llamaron a la puerta. Connor dejó caer la mano y miró su reloj.

—Debe ser tu vestido.

Se levantó para ir a abrir, y tomó el vestido que le tendía una empleada del hotel, colgado de una percha y cubierto por una funda protectora de plástico. Connor le preguntó si sería posible que buscaran a una estilista para que peinara y maquillara a Megan, y aunque ella insistió en que no era necesario, él ignoró sus protestas y le dijo que se lo tomara como una de las ventajas de ser la señora Reed.

Sin embargo, para sus adentros Megan tuvo que

admitir que era un alivio que otra persona fuese a ocuparse de eso, porque con el shock que tenía por haberse despertado y encontrarse casada con un desconocido, no podía concentrarse en nada.

Connor cerró la puerta y volvió junto a ella, que se había puesto de pie.

—¿Te sentirías mejor si compartiera contigo algunas cosas en las que disentimos?

Megan lo miró a los ojos y vio que hablaba en serio. Estaba tan cerca de ella...

—Sí, me sentiría mejor.

—Los campamentos de verano.

Megan parpadeó.

—¿Qué?

—Si tuviera hijos, no me gustaría la idea de mandarlos lejos de mí más de unos días.

—¡Pero si a los niños les encantan los campamentos...! Bueno, yo no los mandaría hasta que fuesen lo bastante mayorcitos, por supuesto, pero hoy en día hay un montón de programas estupendos para los críos en verano: no solo en campamentos, sino también en granjas, en zoológicos...

—Sí, ya lo sé, y hacen manualidades, juegan al fútbol, hacen gimnasia y todas esas actividades que montan para que se diviertan, pero... —Connor se pasó una mano por el oscuro cabello y exhaló un suspiro—. No sé, sigue sin gustarme la idea, pero anoche te dije que si a ti te parecía que sería bueno para los niños, no me opondría.

Megan enarcó una ceja y sonrió divertida.

—Vaya. ¿Alguna otra victoria que consiguiera anoche y no recuerde?

—Pasar la Navidad en casa cada año, todos juntos.

Ella se quedó mirándolo boquiabierta y se llevó una mano al pecho.

—¿No te gusta la Navidad? —inquirió contrayendo el rostro.

—Por favor, borra esa expresión de tu cara; parece que hubiera atropellado a un perrito o a un gatito. No odio la Navidad; lo que pasa es que me parece que sería una buena época del año para hacer un viaje en familia a un lugar exótico y huir del frío. Pero con los argumentos que me diste a favor de pasar la Navidad en casa me convenciste.

¡Caramba, pues sí que...! Un momento... Megan entornó los ojos de nuevo.

—Sé lo que estás haciendo... Estás intentando mostrarte comprensivo y razonable con todas esas concesiones para que piense que no podría encontrar a un marido mejor que tú. ¿Quieres parar ya?

Connor sonrió divertido.

—No hasta que no consiga lo que quiero —murmuró mirándola a los ojos.

Megan sintió que podría perderse en los suyos, esos fascinantes ojos oscuros... De hecho, a cada minuto que pasaba se sentía más atraída por él.

—Y yo soy lo que quieres.

Connor dio un paso hacia ella, acortando la distancia entre los dos, y Megan notó el calor que desprendía su cuerpo. De repente le faltaba el aliento. Se tambaleó ligeramente al dar un paso atrás, pero la mano de Connor se deslizó por su cintura y la sujetó, atrayéndola hacia él.

—A ti ya te tengo —le susurró al oído—. Lo que quiero es que te quedes conmigo.

Capítulo 7

CONNOR aún no se había abrochado la camisa del esmoquin cuando Megan salió del baño ya peinada, maquillada, y enfundada en su vestido de dama de honor. Era de color gris plata y la falda le quedaba medio palmo por encima de las rodillas, dejando al descubierto sus torneadas piernas.

Incómoda, Megan se pasó las manos por las caderas varias veces, como si con ello fuese a conseguir que el vestido se alargase unos centímetros más.

—Yo no tuve nada que ver con la elección de este vestido —le dijo.

—Déjame adivinar... ¿Fue cosa de esa tal Tina? —inquirió él recordando la camiseta de *QUIERO UN HIJO TUYO*.

Megan esbozó una media sonrisa.

—Es lo que cualquiera se imaginaría, ¿no? Pero la verdad es que no, fue idea de Jodie. Por no sé qué idea de que este vestido sería como un amuleto para las tres, que estamos solteras.

—¿Un amuleto?

—Jodie estaba convencida de que nos traerían suerte... para encontrar un marido.

Connor soltó una carcajada.

—Vaya, pues en tu caso ha funcionado —respondió—. Y tengo que decir que me alegra que hayas decidido llevarme como acompañante a la boda, porque me habría costado mucho dejarte ir sola.

Las mejillas de Megan se tiñeron de un ligero rubor, y una pequeña sonrisa asomó a sus labios.

—¿No me digas que eres celoso?

—Más bien posesivo —al ver el placer que reflejaron los ojos de ella cuando dijo eso, Connor añadió—: Pero solo cuando algo es muy importante para mí.

Megan se mordió el labio, le dio la espalda, y se puso a juguetear con los gemelos que él había dejado sobre la cómoda. Sin embargo, el recogido que llevaba no ocultaba el rubor que se había extendido al cuello y las orejas, y Connor no pudo reprimir la satisfacción que sintió de saber que él era el responsable.

Cuando hubo recobrado la compostura, Megan se volvió de nuevo hacia él.

—Debería ponerme ya los zapatos —murmuró—. Y tú...

Se agachó para alcanzar el par de zapatos de tacón, que estaban junto a la pared, pero al hacerlo se le levantó la falda del vestido. Se irguió para tirarse del dobladillo, pero al agacharse de nuevo se le volvió a levantar. Mientras la veía erguirse de nuevo, Connor le dio las gracias mentalmente a Jodie por haberlo elegido, y Megan carraspeó azorada.

—Y tú deberías terminar de vestirte —acabó de decir—. Dentro de nada tendremos que irnos.

—Lo sé —murmuró él distraído, sin poder apartar los ojos de ella.

Megan debió de darse cuenta, porque le lanzó una mirada furiosa antes de echarse a reír.

—Esto es ridículo; deja de mirarme para que pueda recoger los zapatos del suelo.

—Está bien, perdona, tienes razón, me estoy portando como un adolescente —respondió Connor sin poder reprimir una sonrisilla.

—Ya, ya veo que lo sientes —contestó ella riéndose, pero se le cortó la risa cuando Connor se acercó y le puso las manos en las caderas.

Aunque Megan se quedó mirándolo con los ojos como platos no lo apartó, y Connor la hizo retroceder hasta la cama.

—¿Por qué no te sientas? —le dijo—. Yo te pondré los zapatos.

Megan se sentó al borde de la cama, con mariposas en el estómago porque aún notaba la sensación de las manos de Connor en sus caderas. No debería haberle dejado hacer aquello, pero por algún motivo no reaccionaba ante él como lo haría ante un extraño. Era como si su cuerpo lo recordara aunque su mente no recordase la noche anterior.

Lo deseaba, deseaba a aquel hombre tan sexy que tenía delante: descalzo, vestido con unos pantalones negros y la camisa abierta.

Connor recogió los zapatos del suelo y se arrodilló frente a ella. Tomó su pie derecho y lo levantó.

—¿Te duelen los pies? —le preguntó masajeándole la planta con el pulgar—. Anoche vinimos andando hasta aquí porque insististe en que no querías tomar un taxi, y no sé cómo podéis aguantar las mujeres los zapatos de tacón.

Megan se quedó mirando y se limitó a sacudir ligeramente la cabeza, absorta en lo íntimo que resultaba aquel masaje y lo agradable que era.

—Bien —murmuró Connor.

Sus ojos se encontraron cuando tomó un zapato, deslizó la punta sobre los dedos de sus pies, se lo ajustó al talón, y le acarició suavemente el tobillo con el pulgar. Megan contuvo el aliento mientras pasaba la delicada tira del zapato por la pequeña hebilla.

Era increíble que pudiera resultar tan sexy que un hombre le pusiera a una un zapato, pensó. De pronto se sentía como Cenicienta, y aquello no le daba buena espina. Connor estaba diciéndole que su matrimonio se basaría en la sinceridad y el pragmatismo, pero era demasiado bueno para ser cierto: su atractivo físico, su fortuna, esa habilidad para decir justo lo que quería oír, y sobre todo ese romanticismo que impregnaba sus palabras y actos.

—¿Está bien así? —le preguntó Connor, tirando un poco de la tira del zapato.

—Perfecto —respondió ella a regañadientes.

Como todo lo referente a él, solo que era imposible: no había nada perfecto ni nadie que fuera perfecto.

Connor esbozó una media sonrisa.

—Pues tal y como lo has dicho ha parecido que no te agrada que esté «perfecto», y como si no estuvieras hablando de tu zapato.

—Es que me estás diciendo que este matrimonio podría funcionar si no caemos en las fantasías de cuentos de hadas que se hace la gente, pero ahí estás, arrodillado delante de mí y calzándome un zapato como si fuera la Cenicienta. Todo lo que dices y haces es como... como una fantasía hecha realidad, y eso hace que me resulte difícil imaginar cómo sería la realidad.

Connor asintió pensativo y depositó su pie en el suelo.

—Bueno, admito que estoy haciendo todos los esfuerzos posibles para conquistarte, pero es natural, porque quiero convencerte de que puedo ser un buen marido —tomó el otro pie de Megan y lo masajeó también—. Pero si te tranquiliza estoy seguro de que el príncipe azul no lo hizo como excusa para tocarle la pierna a su esposa —añadió con una sonrisa pícara mientras le ponía el otro zapato. Cuando se lo hubo abrochado, puso el pie de Megan en el suelo y sus manos subieron lentamente por sus pantorrillas—. Y lo que es más: teniendo en cuenta a quién van dirigidos esos cuentos, tampoco creo que se le pasasen por la cabeza los pensamientos que han pasado por la mía hace un momento cuando estabas luchando con la falda del vestido. O eso espero, porque mis pensamientos no eran en absoluto apropiados para todos los públicos.

—¿Ah, no?

Connor sacudió la cabeza.

—No, más bien rayaban en lo pornográfico, te lo aseguro.

—Connor... —murmuró ella, como suplicándole que dejara de atormentarla.

Él se puso serio y le dijo:

—Este matrimonio podría funcionar, Megan. No tiene nada que ver con los cuentos de hadas, ni con si mandaríamos a nuestros hijos a un colegio privado o a uno público, ni nada de eso. De lo que se trata aquí es de que conectamos el uno con el otro, de la sensación de la que me hablaste anoche de que te sentías a gusto conmigo, aunque no lo recuerdes. Yo he tenido esa misma sensación desde el momento en que nos conocimos, y sigo teniéndola hoy. Dime que tú también tienes esa sensación.

—Está bien, sí, yo también la tengo —admitió ella. Esa conexión estaba ahí; no podía negarlo.

Pero no estaba segura de que el que sintiese eso en ese momento significara que iba a sentirse así toda su vida.

—Es que no sé... —comenzó a decir, pero al ver el ardiente deseo en los ojos de él no fue capaz de acabar la frase.

Era el mismo deseo que corría por sus venas y le enturbiaba la mente. De pronto quería saber cómo sería que las grandes y fuertes manos de Connor recorrieran su cuerpo. No quería preocuparse por lo que era juicioso, o por cuáles serían las consecuencias a largo plazo; solo sabía que deseba a aquel hombre cuyas promesas le parecían demasiado buenas para ser verdad.

—Connor... —susurró—. Haces que desee...

No podía decirlo en voz alta. Ni siquiera podía pensar con claridad. Y entonces de pronto Connor se incorporó, y se inclinó hacia ella apoyando las manos en el colchón, a ambos lados de sus caderas. Megan bajó la vista a su boca, exhaló un suspiro tembloroso, y se recostó sobre la espalda sin apartar sus ojos de los de él.

Connor debió interpretarlo como una muda invitación, porque hincó una rodilla en el colchón y luego la otra, colocándose a horcajadas sobre ella, al tiempo que cambiaba las manos de sitio, plantándolas a ambos lados de su cabeza.

Estaba tan cerca que Megan podía sentir el calor que irradiaba su cuerpo, su aliento en la barbilla y el cosquilleo de su camisa abierta, que le rozaba los brazos. Aquello era tan sensual, tan íntimo... ¿cómo podría resistirse? Lo agarró de la camisa con las dos manos y tiró de él hacia sí.

Connor esbozó una sonrisa enigmática, sacudió la cabeza y se metió la mano en el bolsillo del pantalón para sacar el anillo que ella le había devuelto. Lo deslizó por el brazo de Megan hasta llegar a la yema del dedo anular.

Sería tan fácil darle lo que quería, pensó ella, darle lo que en cierto modo ella quería también. Podría dejar que volviera a ponerle el anillo y ceder a la tentación, pero aquello podía tener resultados desastrosos.

—Espera —se obligó a decir finalmente.

Connor sonrió divertido.

—¿Nerviosa? Te prometo que lo haré con suavidad —bromeó—. No soy un principiante.

Megan agradeció su sentido del humor, que logró quitar tensión al momento.

—No puedo seguir con esto —le dijo—, no creo que sea una buena idea.

—¿Por qué no? Ya estamos casados —continuó él con la broma, acariciándole la yema del dedo con el anillo—. Tú también lo deseas; lo sé.

Una parte de ella sí quería darle una oportunidad, pero había otra que sabía que en la práctica el llevar ese anillo equivaldría a renunciar a sus planes, a la sensación de tener el control sobre su futuro.

Connor estaba observándola, estudiando cada minúscula reacción: el rubor de sus mejillas, su pestañeo nervioso, su vacilación...

Puso una mano en su pecho desnudo. Era cálido y firme al tacto, y de nuevo se sintió tentada de dejarse llevar, pero ella no era así, y esperaba que él lo entendiese.

—No estoy preparada. No estoy segura de poder darte lo que me estás pidiendo.

Connor asintió.

—Póntelo de todos modos —le dijo—. Aún eres mi esposa; ¿por qué no aprovechas y pruebas todo el lote para ver cómo te sientes en ese papel?

Megan bajó la vista al reluciente anillo de diamantes. Era sencillamente exquisito; no había visto ningún otro que pudiera comparársele.

Tragó saliva y alzó de nuevo la vista hacia Connor, que aguardaba su respuesta. Al ver la mirada posesiva en sus ojos estuvo tentada una vez más de ceder, pero no podía hacerlo.

—Creo que será mejor que no —respondió, intentando que su tono sonara tan despreocupado como el de él—. Y respecto a lo de que estamos casados y todo eso... estaba pensando que no tenemos por qué mencionarlo en la boda de mi prima. Mejor dejar que piensen que soy una chica fácil y algo ligera de cascos.

Capítulo 8

CONNOR tragó saliva y se quedó muy quieto.

—De modo que no quieres que lo sepan —murmuró.

—Preferiría que no.

Connor se quitó de encima de ella y volvió a guardarse el anillo. Megan se bajó de la cama y fue hasta el espejo de pie para comprobar que no se hubiera estropeado el peinado.

—Creía que no te gustaba mentir.

De todas las cualidades que había visto en Megan la noche anterior, aquella era la que más apreciaba. La honestidad era algo muy importante para él.

Megan se volvió y lo miró con una ceja enarcada.

—Y no me gusta, pero eso no significa que vaya por ahí anunciando a los cuatro vientos cada detalle sobre mi vida sin necesidad. Preferiría que no lo mencionases.

Una mentira por omisión. Resultaba irónico, porque su propia existencia había sido una mentira por omisión durante los primeros diez años de su vida. Al crecer se había jurado a sí mismo que ninguna mentira volvería a enturbiarla, y sin embargo, allí estaba, casado con una mujer que quería mantener su matrimonio en secreto, como si fuese algo de lo que tuviera que avergonzarse.

—Te dije que la sinceridad es importante para mí; hemos hablado de ello esta misma mañana.

—Connor... —le dijo Megan en un tono irritado, como si fuese a ella a quien no le gustase la conversación que estaban teniendo—. Vamos a la boda de mi prima, y aunque no estemos muy unidas, si me presento con tu anillo en el dedo, nadie le restará protagonismo. No puedo hacerle eso. Lo siento, pero espero que lo comprendas y que lo respetes.

Al oír su respuesta, Connor sintió que su tensión se desvanecía y alzó la vista hacia ella.

—¿No quieres ocultárselo porque te avergüenza?

Megan ladeó la cabeza, como si no estuviera segura de haber oído lo que había oído.

—¿Por qué iba a avergonzarme? ¡Ah, ya, claro! Porque eres un hombre feo e insufrible —contestó con ironía.

Connor se rio aliviado.

—Algo así.

Megan esbozó una pequeña sonrisa y se quedó mirándolo pensativa.

—Bueno, si quieres que te sea completamente sincera, un poco avergonzada sí que estoy: he tomado una de las decisiones más importantes de mi vida estando tan borracha que ni siquiera lo recuerdo. Claro que tampoco me engaño creyendo que vamos a poder mantenerlo en secreto mucho tiempo, porque en cuanto se lo haya dicho a mi madre se lo contará a todo el mundo. Y ese es el motivo por el que no la he llamado todavía.

—Puede que sea mejor que no se lo digas todavía. ¿Y si al final decidimos divorciarnos?

Megan se rio.

—Aunque sé que no sería capaz de guardar un secreto, siempre se lo cuento todo. La llamaré cuando el fin de semana haya acabado y yo haya vuelto a casa. Y sé que en cuanto cuelgue empezará a difundirlo a los cuatro vientos —cerró los ojos un instante e inspiró—. Te aseguro que mi familia me lo recordará el resto de mis días aunque nos divorciemos.

—¿Y no te molesta que haga eso?

Megan suspiró.

—Sí, pero ya he aceptado que no puedo cambiar ni a mi madre ni a mi familia —respondió—. ¿Me prometes que no mencionarás en la boda que estamos casados?

Connor frunció los labios, pero finalmente claudicó.

—Está bien, te lo prometo.

La boda transcurrió sin problemas. Gail y Roy se dieron el «sí quiero» en una capilla no muy distinta, según Connor, a la capilla en la que ellos se habían casado la noche anterior. Pronunciaron sus votos, intercambiaron los anillos, y sellaron su unión con un beso.

Fue una ceremonia preciosa, y Megan no dejó que se la estropearan Jodie y Tina, que habían estado burlándose de su falta de experiencia por haber alargado un ligue de una noche hasta el día siguiente.

Se había preparado mentalmente porque sabía que iban a provocarla y divertirse a su costa; ya le había advertido a Connor de que lo harían. Lo que no se había esperado era lo protector que su recién estrenado marido iba a mostrarse con ella. Ni que fuera a ser capaz de estropear cada chiste del dúo. Aun así, Tina y Jodie insistían.

—Bueno, Connor, y ahora en serio: ¿qué estás haciendo aquí? —le preguntó Jodie a gritos.

Si no, no la habría oído con lo alta que estaba la música del club nocturno al que todos habían ido a bailar después del banquete.

—Quiero decir que... —continuó—. Bueno, Megan te pescó anoche, sí, pero ¿cómo es que no has roto ya el sedal y has desaparecido? Es lo que hacéis todos los tíos.

Megan no habría sabido decir si estaba flirteando con él o solo bromeando, pero desde luego no tenía ningún tacto.

Connor, que estaba sentado junto a ella, le pasó el brazo por encima de los hombros.

—Este pez no —respondió—. Megan es increíble y espero que nuestra relación prosiga por mucho tiempo.

Tina se inclinó hacia delante, exhibiendo sus atributos.

—¿Relación?

Megan sintió que le ardían las mejillas cuando todas las miradas se posaron en la mano de Connor, cuyo pulgar estaba dibujando arabescos en su hombro. Durante toda la velada se había mostrado simplemente atento con ella, en un esfuerzo por respetar sus deseos y mantener en secreto su matrimonio. Sin embargo, la clase de preguntas que le estaban haciendo Tina y Jodie podían acabar llevándoles a averiguar la verdad.

Los ojos de la astuta Tina los miraron a uno y a otro un par de veces y soltó una risa despectiva.

—¡Oh, por favor, Megan, dime que no lo has hecho!

El corazón le dio un vuelco a Megan. De algún modo Tina se había dado cuenta de lo que estaban ocultándoles. Gail, que estaba mirándola expectante como los demás, nunca la perdonaría.

—¡No me digas que has hecho otro amigo!

Tina pronunció la última palabra con tal desdén que Megan se dio cuenta de que no la había descubierto. Aliviada, esbozó una sonrisa forzada.

—¿A qué te refieres? —inquirió Connor.

Había empleado un tono casual, pero aún así Megan advirtió cierta hostilidad en su voz, y no le gustó nada la media sonrisa que había en sus labios cuando giró la cabeza para mirarlo.

—No es nada, Connor —le dijo, con la esperanza de que viera en sus ojos la súplica de que lo dejara estar. La súplica y la promesa de que se lo explicaría más tarde, cuando ya no estuviesen allí—. ¿Sabes qué? Me muero por otra tónica. ¿Me acompañas a la barra?

Connor esbozó una sonrisa, esa vez de verdad, se puso de pie y le tendió la mano.

—¿Qué tal si antes bailamos un poco?

Megan no tuvo siquiera tiempo de contestar, y de repente se encontró en medio de la pista con él, rodeada de gente. Connor la asió por la cintura con ambas manos para atraerla hacia sí, y la condujo al ritmo de la música, rozando sus muslos contra los de ella. Exudaba sensualidad y confianza en sí mismo, y al cabo de unos minutos Megan se encontraba de nuevo en ese estado a medio camino entre la risa tonta y el deseo, y se olvidó por completo de Jodie y de Tina.

Connor le dio las gracias al camarero, tomó el vaso de tónica con hielo que Megan le había pedido, y miró con aprehensión la mesa del grupo como un hombre a punto de encaminarse al patíbulo.

Megan aún estaba en el servicio, y parecería un pervertido si se fuera a esperarla delante de la puerta, así que hizo de tripas corazón y se dirigió de vuelta a la mesa, preparándose mentalmente para desviar las preguntas que le hicieran sobre sus finanzas, el valor de su empresa, Industrias Reed, o si Megan había conseguido hacerse con parte de su esperma.

Estaba deseando salir de allí para poder tener a Megan para él solo, y para perder de vista a Tina, a Jodie, y hasta a Gail, que estaban acabando con su paciencia. Por la capacidad que tenía Megan para que le resbalaran sus burlas y sus chistes, le daba la impresión de que debía haberla adquirido a base de práctica, y no le gustaba pensar que la trataban habitualmente de ese modo.

Mientras iba hacia la mesa vio que Roy y sus dos testigos seguían conversando entre ellos, y que Gail se había quitado los zapatos y tenía puestos los pies en su asiento, dejando únicamente libre la silla de Megan, junto a Tina y Jodie. ¿Sentarse al lado de aquellas dos chismosas? No, gracias. Por eso finalmente optó por quedarse a unos pasos a espaldas del grupo, observando a la gente que bailaba mientras esperaba a Megan.

Las desagradable risas de Tina y Jodie lo hicieron contraer el rostro.

—¡Pero mira que sois malas!

Connor no quería ni saber de qué estaban hablando, pero a pesar del volumen de la música, como no estaba muy lejos y ellas estaban hablando a gritos para oírse, no pudo evitar oír su conversación.

—Oh, vamos, es que es patético —estaba diciendo Tina.

—Megan es incapaz de conseguir mantener a un hombre a su lado —intervino Jodie.

Eso le hizo girar la cabeza. No se habían dado cuenta de que estaba detrás de ellas, y otra vez estaban hablando de su esposa, de la mujer que había discutido con él para que respetase ese día no haciéndole sombra a la novia con la noticia de que se habían casado.

—No sé a quién cree que engaña con este —dijo Tina—. Estoy segura de que igual que con todos los demás solo acabará siendo su amigo y de que ha venido por hacerle el favor. Probablemente para que la dejáramos tranquila.

Gail levantó una mano para interrumpirlas. Bueno, menos mal, por fin su prima iba a mostrar algo de lealtad hacia Megan, pensó. Sin embargo, cuando empezó a hablar le hirvió la sangre en las venas.

Los pasos de Megan se volvieron vacilantes mientras se acercaba a la mesa.

—...y todos dicen, como este tío, que Megan es increíble, pero no lo será tanto para que acaben huyendo de ella.

Megan se quedó espantada al oír a Gail hablando así de ella con Connor de pie detrás, a solo unos pasos de ellas. Él también lo había oído; lo sabía por la rigidez de su postura, por la mandíbula y los puños apretados, como si estuviera haciendo un esfuerzo por contenerse.

Jodie asintió y Tina, que alzó la mirada en ese momento, la vio y se rio por la nariz. Megan cerró los ojos e inspiró profundamente, intentando calmarse.

Connor y ella ya llevaban allí más tiempo del necesario, se dijo; podían marcharse. O quizá él no dijera nada y pudieran dejarlo correr.

Cuando abrió los ojos Connor estaba a su lado. Le rodeó la cintura con el brazo y la miró fijamente antes de inclinar la cabeza y decirle al oído:

—Deja que me ocupe yo.

Cuando Connor bajó la mano a su trasero y la besó en el cuello, Megan dio un ligero respingo y puso los ojos como platos, pero luego comprendió qué estaba haciendo. Quería que su prima y sus amigas lo vieran. Y su ardid tuvo el efecto deseado, porque las tres se miraron como sorprendidas.

Connor se irguió, le dirigió una sonrisa y la tomó de la mano para llevarla hasta la mesa.

—Bueno, Megan y yo nos vamos a ir yendo ya —anunció.

Gail, Tina y Jodie lanzaron gemidos de indignación.

—Ni hablar, tenéis que quedaros un poco más —protestó Gail—. No me podéis negar ese capricho; es mi día. Es prerrogativa de la novia.

Connor, con una mano en la cintura de Megan, y la otra en el bolsillo del pantalón, esbozó una media sonrisa que era más bien una advertencia de que no le tocara las narices.

—Prerrogativa de la novia... —murmuró—. Claro, ¿cómo no?

Megan debería haberse dado cuenta de lo que pretendía, pero no cayó en la cuenta hasta que Connor sacó la mano del bolsillo y vio lo que tenía en ella y sintió que el alma se le caía a los pies.

—Megan —le dijo con una sonrisa de adoración y un brillo obstinado en los ojos—. Sé que querías que esperásemos para darles la noticia, pero yo ya no puedo esperar más, ni un solo segundo.

Megan estaba demasiado aturdida para reaccionar cuando Connor deslizó el anillo en su dedo y alzó su mano para que todos la vieran.

—Sé que os parecerá algo repentino, pero no podía dejar escapar a esta mujer —les dijo.

Los ojos llorosos de Gail pasaron de su anillo al de Megan.

—¿Te has casado? —le dijo con una mezcla de incredulidad e indignación—. ¿En el día de mi boda?

Megan intentó pensar qué decir, o qué disculpa podía darle, pero no se le ocurría nada, y cuando abrió la boca de repente los brazos de Connor la rodearon desde atrás, dejándola sin aliento.

—Por supuesto que no —respondió él—, nos casamos anoche, de madrugada.

Tina y Jodie se miraron una a otra y sacudieron la cabeza, como si no pudieran creer que aquello estuviera ocurriendo.

—Y sé que es temprano —continuó Connor—, pero los dos estamos deseando marcharnos para seguir con nuestra luna de miel, así que si nos disculpáis... —y con todos mirando alzó a Megan en volandas—. Ah, le he dicho al camarero que las copas corren de mi cuenta. Gail, Roy: enhorabuena de nuevo; que seáis muy felices.

Capítulo 9

QUÉ diablos haces? —exigió saber Megan, poniendo los brazos en jarras y mirándolo como si quisiera fulminarlo con la mirada.

Connor, que estaba frente a ella en el ascensor, tomó una foto con su teléfono móvil y volvió a guardarlo en el bolsillo de su chaqueta. Habían ido al hotel de Megan para recoger sus cosas e irse al de él.

—Documentar nuestra primera pelea.

Por un momento, Megan se quedó aturdida, balbuceando algo ininteligible, y él no pudo evitar sonreír divertido, pero luego, en un instante, su enfado volvió y le espetó en un tono gélido:

—Todavía no puedo creer que hayas hecho eso.

—Vamos, es para nuestro álbum de recuerdos.

—Sabes muy bien que no me refiero a eso —contestó ella—. Teníamos un trato. Claro que a lo mejor lo olvidaste —añadió con retintín—. O a lo mejor no se ajustaba a lo que tú querías y simplemente cambiaste de opinión, ¿no?

Habían llegado a la planta inferior y las puertas se abrieron silenciosamente.

—Lo segundo, desde luego —respondió él con una sonrisa traviesa mientras salían.

Megan volvió a lanzarle una mirada furiosa, pero no dijo nada. Tomaron un taxi para ir al hotel de Connor, y una vez estuvieron en su suite se volvió hacia él como un torbellino y le espetó:

—Me lo prometiste.

Cierto, lo había hecho, pero las circunstancias no habían sido las esperadas, y no había tenido más remedio que ponerle los puntos sobre las íes a su prima y compañía. Se cruzó de brazos y le preguntó:

—¿No oíste lo que estaban diciendo de ti? No iba a dejar que esas víboras traicioneras...

Megan levantó una mano para interrumpirlo.

—Me da igual lo que dijeran. Lo que me importa es lo que tú me habías prometido. Me preocupa lo que verdaderamente tiene un valor, aquello en lo que puedo creer.

Connor, que no estaba dispuesto a ceder, le sostuvo la mirada.

—Puedes creer que cuando nos casamos juré honrarte, respetarte... y protegerte todos los días de mi vida.

Megan parpadeó, y por un instante se quedó sin palabras.

—Y cuando pronuncié esos votos lo hice dispuesto a cumplirlos. No soy la clase de hombre que se queda a un lado titubeando mientras se meten con su esposa. Esta noche habría querido hacer lo que me pediste, Megan, y pensaba hacerlo, pero entre cumplir mi promesa para no estropearle la boda a tu prima, y romperla para protegerte, no tuve dudas en hacer lo segundo. Siempre te antepondré a todo lo demás.

—Oh —musitó ella.

Tragó saliva para intentar deshacer el nudo de emoción que se le había hecho en la garganta. No podía dejar que unas pocas palabras la volvieran tan vulnerable.

Connor fue hasta ella y la atrajo hacia sí, apretándola contra su pecho.

—Perdona que rompiera mi promesa, pero no me mantendré al margen si veo a alguien haciéndote daño.

—Habría podido yo sola con ello —le respondió ella. Como había hecho durante toda su vida.

—Pero ¿por qué ibas a tener que aguantar algo así?

—Porque Gail se merecía ser la protagonista del día —reiteró ella. ¡Y él le había prometido que así sería!

—Sí, pero tú también —Connor tomó su rostro entre ambas manos e hizo que lo mirara—. Solo porque no recuerdes nuestra boda no significa que no cuente.

Todo lo que estaba diciendo Connor parecía tener tanto sentido que estaba sintiéndose tentada de confiar en él como le había pedido y dar ese salto de fe, pero no podía ignorar el profundo abismo que se extendía a sus pies.

Escrutó los ojos de Connor y le hizo la pregunta en la que confluían todos sus miedos y su reticencia.

—¿Y si seguimos adelante con este matrimonio y al cabo de un tiempo ya no te parece tan buena idea?

—Esa es la cuestión, Megan: eso no va a pasar —Connor se apretó el puente de la nariz con el índice y el pulgar y dejó escapar un suspiro—. El compromiso es algo muy importante para mí. Quiero algo duradero —la expresión de sus ojos cambió de repente. Por un momento se volvió distante antes de tornarse intensa de nuevo—. Quizá si nos diéramos un poco más de tiempo...

—¿Te refieres a que salgamos? —inquirió ella, que tenía muy claro que a eso no iba a jugar.

No quería volver a empezar una relación para ver cómo se desarrollaban las cosas, no quería más falsas esperanzas y años de indecisión...

—No —respondió él sacudiendo la cabeza—. Eres mi esposa y quiero que sigas siéndolo, pero me doy cuenta de que no lo ves tan claro como lo veías anoche, cuando accediste a casarte conmigo, y sé que lo que te estoy pidiendo no es fácil. Pero confío en que tú también llegarás a la conclusión de que este matrimonio no es un error si le das un poco de tiempo. Lo que te estoy proponiendo es un periodo de prueba: dame tres meses. Si pasados esos tres meses piensas que no nos compenetramos te daré el divorcio y podrás retomar lo que habías planeado. Y entretanto hacemos como si ya hubiéramos decidido que esto es lo que queremos: te vienes a vivir conmigo... como mi esposa.

Megan se notaba la garganta seca y el corazón le palpitaba con fuerza. Lo que Connor estaba sugiriendo era una locura.

—¿Y qué harías, presentarme a tus amigos y a tus socios? ¿Y si al final no me siento feliz y te digo que quiero marcharme?

—Te dejaré marchar. Solo te estoy pidiendo que le des una oportunidad a nuestro matrimonio, no que te encierres en una prisión de la que no podrás salir. Además, estoy seguro de que eso no ocurrirá.

Megan lo miró vacilante; las dudas pesaban demasiado.

—No sé, Connor. Es que ahora por fin había encontrado una manera de ser feliz. Ya sé que crees que porque el amor no entra en la ecuación de este matrimonio no fracasará, pero yo no puedo volver a depositar mi fe en alguien para luego acabar defraudada; lo siento. Duele demasiado cuando eso pasa.

—¿Y no crees que, si te equivocas, solo por la recompensa habrá merecido la pena correr el riesgo?

—No lo sé. Y quizá eso debería decirnos algo a los dos —murmuró ella.

Los ojos de Connor relampaguearon.

—Sí, ya lo creo que sí —dijo—. A mí me dice que en vez de esperar, creyendo que recordarías, debería haber hecho esto.

Y antes de que ella pudiera siquiera parpadear la atrajo hacia sí y la besó. Megan había levantado las manos en un gesto automático de defensa, y habían quedado atrapadas entre los dos, apretadas contra el pecho de Connor.

Aquel beso fue aún mejor de lo que había imaginado que debían ser sus besos. Fue tan increíble que sintió que, aunque quería resistirse, su resistencia se estaba evaporando poco a poco. Una de las manos de él descendió de su hombro a la cintura y los dedos de la otra se enredaron en su cabello.

Megan entreabrió los labios y rozó vacilante la lengua de Connor con la suya. Él no necesitó más, y con un gruñido de satisfacción respondió con ardor, enroscando su lengua con la de ella con movimientos que emulaban al acto sexual.

Aquello era demasiado intenso, demasiado excitante, y Megan se encontró apretándose contra él al tiempo que él la apretaba contra sí. Era demasiado pero a la vez no era suficiente. Para ninguno de los dos.

Las manos de Connor asieron sus nalgas y las masajearon. Luego una de ellas se deslizó por la parte posterior del muslo y le levantó la pierna para colocarla en torno a la suya. Connor empujó las caderas hacia delante para que pudiera sentir su miembro en erección contra su vientre y los duros músculos del muslo que había introducido entre sus piernas.

Megan sabía que aquello no era una buena idea, pero no le importaba, no podía parar... Los labios de Connor, que estaban devorando los suyos, descendieron por la mandíbula para besarla sensualmente en el cuello. Megan echó la cabeza hacia atrás, extasiada, mientras desabrochaba torpemente la camisa de Connor.

—Megan, Megan... —jadeó él entre beso y beso contra su piel caliente—. Nena, no sabes lo increíble que va a ser esto... Dime que tú también quieres que lo hagamos.

—Sí... —gimió ella—. Sí... sí, por favor...

Connor estaba moviendo el muslo que tenía entre sus piernas, levantándole la falda del vestido, y la fricción la estaba volviendo loca.

—Dime que sí... —susurró contra sus labios—, dime que aceptas mi proposición...

Aquel no era momento para discutir, pensó Megan irritada; no era momento de hablar de nada.

—Luego... Por favor, dejemos eso para luego...

Connor dobló un poco las rodillas para que al apretarse de nuevo contra ella Megan notase la punta de su miembro erecto a través de sus braguitas. Megan jadeó, sintiendo que una ola de calor se expandía por su vientre, y estrujó el corto cabello de él con las manos.

—Dime que te vendrás mañana a casa conmigo... —la instó él una vez más.

—Connor, por favor... —le suplicó ella. Estaba ardiendo, estaba en llamas.

—No sabes cuánto me gusta oírte decir eso —murmuró Connor contra sus labios entreabiertos—. Y no sabes cuánto estoy deseando oírte decírmelo al oído mientras te penetro, hundiéndome en tu cuerpo... —las eróticas imágenes que evocaban sus palabras arrancaron un gemido de la garganta de ella—, haciendo que el placer sea mayor con cada embestida... hasta que alcances el éxtasis entre mis brazos.

—Sí... —ya estaba a punto de alcanzarlo.

—¿Sí qué, Megan? —le preguntó Connor, cuya mano estaba subiendo y bajando por la curva de su trasero—. Ya sabes lo que quiero oír.

Capítulo 10

UN momento, ¿qué...?

—¿Estás... chantajeándome... con sexo?

—No lo sé —murmuró él apartando un poco sus caderas de las de ella—. ¿Funcionaría?

Sí, ya lo creía que funcionaría.

—Por supuesto que no —mintió Megan.

Connor bajó la mirada a sus labios.

—Pues es una lástima.

Megan exhaló un suspiro tembloroso.

—Mira, Connor, esto no me deja pensar con claridad y...

—Lo comprendo —la interrumpió él—; dame los tres meses que te pido y así podrás pensarlo tranquilamente.

Sin embargo, antes de que pudiera plantearse darle siquiera tres minutos, la boca de Connor volvió a asaltar la suya con un profundo y sensual beso con lengua, tentándola de nuevo a dejar a un lado sus recelos y claudicar.

Jadeante y con el corazón latiéndole como un loco, sacudió la cabeza, y empujo suavemente a Connor para apartarlo. No podía claudicar.

—Megan... —murmuró él, con los ojos nublados por el deseo.

Esa mirada... Megan tragó saliva y dio un paso atrás, y luego otro. Necesitaba alejarse de él, necesitaba espacio para respirar, para pensar.

—Vamos, nena, no huyas; sentémonos en el sofá y hablemos.

Megan giró la cabeza hacia el sofá, y en un abrir y cerrar de ojos se encontró imaginándose las escenas más tórridas con ellos dos de protagonistas. Últimamente había estado leyendo demasiadas novelas románticas.

—Mantendré las manos quietas —le aseguró Connor.

Megan lo miró, allí de pie, con la camisa medio desabrochada, y al entrever su torso desnudo, con esos músculos tan bien definidos y sus pezones, nuevas fantasías volvieron a asaltarla y se le hizo la boca agua.

—Ya, seguro que sí.

Y, aunque mantuviera las manos quietas, tal vez no fuera eso lo que más la preocupaba.

—¿No me crees? Si te quedas más tranquila siempre puedes atarme las manos —Connor se quitó la corbata, que colgaba desaflojada de su cuello, y se la tendió con una sonrisa lobuna—. A menos que prefieras...

—¡Ni lo menciones!

No, decididamente no eran sus manos lo que la preocupaban. Y con los pensamientos lujuriosos que estaban cruzando por su mente no estaba segura de poder volver a sentarse en un sofá, y mucho menos en ese.

Se dio la vuelta y obligó a sus pies a moverse en dirección al dormitorio. Entró en el cuarto de baño, se desnudó, se metió en la ducha y giró el mando hacia el lado del agua fría con la esperanza de que eso disipase todas aquellas fantasías sexuales.

Cuando el agua helada se le clavó en la piel, como un millar de agujas, soltó un chillido, pero tuvo el efecto deseado y recobró la cordura. ¡Por Dios!, había estado a punto de acceder a... Habría accedido a cualquier cosa. A seguir casada con él, a irse a vivir a otro estado... Sin embargo, aun con aquella manta de agua fría cayendo sobre ella, no podía pensar en otra cosa más que en los increíbles besos de Connor, que prácticamente la habían consumido.

Un gemido involuntario escapó de sus labios, y levantó el rostro hacia la alcachofa de la ducha, obligándose a poner su mente en blanco.

—¡Dios, Megan, no sabes cómo me gusta cuando haces esos ruidos...!

¡El pestillo!, pensó Megan abriendo los ojos de golpe y dando un respingo. Ni siquiera se le había ocurrido echarlo. Se giró al tiempo que se enjugaba el agua del rostro con las manos, y a través del cristal transparente de la mampara vio a Connor apoyado en la pared, con esa media sonrisa impertinente en sus labios.

—¿Qué estás haciendo ahí dentro, cariño?

—Intentando aclarar mis pensamientos.

Connor enarcó una ceja y se apartó de la pared, recorriendo su cuerpo desnudo con una mirada depredadora.

No había ningún sitio donde esconderse y el cristal transparente de la mampara no la tapaba nada, pero extrañamente Megan no se sentía azorada. De hecho, casi diría que se sentía cómoda; nunca se había sentido así con ningún otro hombre.

—Umm... Quizá a mí tampoco me vendría mal una ducha para despejarme.

Entonces fue Megan la que sonrió traviesa para sí. Desde luego, necesitaba que le enfriasen los ánimos.

—¿Tú crees?

Connor ya estaba acabando de desabrocharse la camisa. Se la quitó, arrojándola a un lado, y le siguieron los pantalones y los calcetines. Megan se quedó mirándolo boquiabierta al darse cuenta de que iba en serio.

Luego Connor enganchó los pulgares en sus boxers negros, que apenas podían ocultar su erección, y se los quitó también, quedándose completamente desnudo. Su cuerpo era tan hermoso que las fantasías de Megan ni siquiera le hacían justicia.

Antes de que pudiera reaccionar estaba avanzando hacia ella, y cuando abrió la puerta de la mampara para entrar había tal fuego en sus ojos que Megan sintió que ardía por dentro a pesar del agua fría. Dio un paso atrás. Connor dio un paso hacia ella y...

—¿Qué diablos...? —aulló dando un paso atrás en cuanto el agua tocó su cuerpo.

Megan se echó a reír.

—¡Lo has hecho a propósito! —la acusó él, que se había refugiado del frío chorro en una esquina de la ducha.

—Dijiste que querías despejarte —le espetó ella.

Un cosquilleo la recorrió cuando los ojos de Connor se posaron en sus senos antes de ir más abajo. Los dos estaban desnudos, cada uno en un extremo de la espaciosa ducha. Cuando Connor intentó agarrarla, ella lo esquivó y salió de la ducha riéndose.

Oyó un gruñido detrás de ella mientras tomaba el albornoz que había dejado sobre el lavabo. Se lo puso y anudó el cinturón. Cuando se dio la vuelta y vio a

Connor estirándose en la ducha, con el agua resbalándole por todo el cuerpo, no pudo evitar quedarse mirándolo hipnotizada.

—Si te soy sincero —le confesó él de repente—, esto no está funcionando.

—Es justo lo que yo estaba pensando —murmuró ella, incapaz de apartar los ojos de él.

Connor se pasó una mano por el rostro.

—Megan, estoy haciendo un esfuerzo por quedarme donde estoy, pero si no sales ahora mismo por esa puerta me temo que voy a salir de aquí y te voy a hacer el amor contra la pared.

Megan se quedó boquiabierta al oír eso, y nuevas imágenes lujuriosas asaltaron su mente. «Primero lo del sofá y ahora la pared...», pensó. Era como si Connor tuviera superpoderes de seducción, o al menos la habilidad de infundir un potencial erótico a los objetos más mundanos.

—¿O quizá sea eso lo que estás esperando?

La voz ronca de Connor y la amenaza implícita en sus palabras la hizo salir del cuarto de baño a toda prisa. Si se hubiese dado la vuelta, habría visto que la sonrisa se había borrado de los labios de él y que su rostro se había contraído.

Connor plantó la palma mojada en la pared de azulejos de la ducha y soltó una palabrota entre dientes. Aunque estaba seguro de que había logrado tentarla, Megan no había querido arriesgarse a ceder a la tentación.

Tomó la pastilla de jabón y se puso a frotarse con fuerza, aprovechando esos momentos a solas para barajar sus opciones. Ninguna de ellas parecía conducirle a lo que quería: que Megan accediese a pasar tres meses con él.

Estaba bastante seguro de que, aunque fuese contra

los principios morales de Megan, si le ofreciese una noche de pasión sin ataduras, se entregaría a él sin pensárselo dos veces. Pero no quería solo una noche, ni tampoco quería perder el tiempo con un cortejo a la manera tradicional: empezar a salir, conocerse y demás.

¿Qué podía hacer? Si no conseguía convencerla, al día siguiente Megan tomaría un avión y solo volvería a saber de ella para el papeleo del divorcio. Bajó el mando de la ducha de un golpe, se frotó el rostro con la mano para quitarse el agua, y sacudió su cabello mojado.

Luego salió de la ducha, se lio una toalla en la cintura y se preparó para el adiós que estaba seguro que le esperaba al otro lado de la puerta. O quizá en el salón de la suite, aunque ciertamente no en el sofá.

Sin embargo, al abrir la puerta del baño vio que en una esquina del dormitorio, envuelta en el enorme albornoz y sentada en un sillón orejero con las piernas dobladas debajo de ella, estaba Megan.

—Muy bien —dijo juegueteando nerviosa con sus dedos—, seré tu esposa.

Megan siguió hablando, pero Connor ya no estaba escuchándola, y en un abrir y cerrar de ojos cruzó la habitación y la levantó del sillón para rodearla con sus brazos mientras silenciaba sus labios con un beso.

Ya le diría luego lo que tuviera que decirle, cuando se hubiese disipado el efecto de la descarga de adrenalina que estaba teniendo en ese momento. Megan le puso las manos en el pecho y lo empujó suavemente entre risas.

—Espera —le pidió tomando su rostro entre ambas manos—. Espera un momento, Connor; tenemos que poner en claro algunas cosas antes de que esto vaya más lejos.

Connor, que estaba conduciéndola a la cama, sacudió la cabeza.

—Luego. Acuerdo postmatrimonial, lo que sea, ya lo hablaremos en otro momento; o mañana.

—No, eso no es lo que... —Megan giró la cabeza para mirar detrás de ella—. No, Connor, en serio; a la cama no...

Pero él ya la estaba tumbando en ella.

—Sé que te gustaba la idea de la pared del baño, pero dale una oportunidad a la cama; no te decepcionará.

Volvió a apoderarse de sus labios, y su mano subió por el muslo y se introdujo por debajo del albornoz hasta llegar a la cadera. Megan se arqueó debajo de él, gimiendo dentro de su boca, y sus manos se aferraron primero a sus hombros y luego a su pelo. Era tan sexy... Y era suya.

Esa noche iba a besar y acariciar cada centímetro de su cuerpo. Sin embargo, cuando abandonó sus labios para besarla en el cuello, Megan farfulló algo entre dientes y le pidió que parara, y no tuvo más remedio que incorporarse para mirarla.

—Ahora, Connor, tenemos que hablar ahora porque no puedo acceder a todo. Tenemos que poner unas normas básicas de convivencia.

—Normas de convivencia —repitió él. No le gustaba cómo sonaba eso—. ¿Como cuáles?

Megan se quitó de debajo de él, se ajustó el cinturón del albornoz y mirándolo a los ojos le dijo:

—Nada de sexo.

Connor apretó los dientes y resopló lleno de frustración.

—¿Te refieres a esta noche? —inquirió, aunque ya sabía la respuesta.

—No, me refiero a todo el tiempo durante los tres meses de prueba.

Obligándose a reírse en vez de maldecir, Connor sacudió la cabeza.

—Olvídalo, Megan. Si esto va a ser un matrimonio de verdad, aunque de momento solo sea de prueba y por tres meses, ¿por qué reprimirnos? El sexo es algo sano que forma parte de la vida de pareja.

—Es una distracción demasiado grande —protestó ella—. Ni siquiera podía pensar con claridad ahora mismo, cuando estábamos... —murmuró moviendo la mano entre los dos— aquí, en la cama. Se trata de mi futuro, del resto de mi vida, y necesito pensarlo bien.

Connor frunció el ceño.

—Tendrás tiempo de sobra para pensar, cariño. ¿Qué tal si te prometo no «distraerte» cuando estemos hablando de algo importante?

—Me temo que esa concesión se queda corta. Cuando estamos juntos, aunque solo estemos besándonos... Connor, me cuesta muchísimo mantener la cabeza fría incluso en esos momentos, y es mi futuro el que está en juego.

De acuerdo, sonreír como un tonto probablemente no era lo más adecuado, pensó Connor, ¡pero qué narices, le gustaba lo que estaba oyendo! De modo que la afectaba hasta ese punto...

—¿Te he dicho ya lo feliz que soy de que te hayas casado conmigo?

—Connor, hablo en serio —le espetó ella, levantándose enfadada de la cama.

—Y yo —él se levantó también y le puso las manos en los hombros—. En lo que se refiere a que te quedes embarazada..., obviamente esperaremos a que estés convencida de que esta es la vida que quieres, pero en cuanto al sexo... Lo siento, Megan, pero eso no puedo prometértelo; sé que diga lo que diga intentaré seducirte.

—Y yo te rechazaré —respondió ella, aunque sus ojos traicioneros descendieron a la boca de él.

—Me parece justo —Connor le acarició el labio inferior con el pulgar—. Y yo, naturalmente, si me dices que pare, pararé.

Megan asintió y cerró los ojos. Dios, era preciosa.

—Sé que lo harás —Megan abrió los ojos de nuevo e inspiró profundamente—, pero yo seré capaz de resistir la tentación. Puedo hacerlo —dijo, más para sí misma que a él.

Connor no pudo evitar que una sonrisa traviesa se dibujase en sus labios.

—Bueno, puedes intentarlo.

Capítulo 11

PERO ¿es que te has vuelto loco? —exclamó Jeff al otro lado de la línea.

Connor pagó al dueño del puesto de periódicos del aeropuerto.

—¿Me creerías si te dijera que me he vuelto loco, que me siento como si flotara y que estoy completamente enamorado? —le respondió, levantando del suelo su bolsa de viaje.

—No —contestó Jeff con sequedad.

—Bueno, está bien, tienes razón —Connor miró los paneles con las puertas de embarque y las horas de salida y miró su reloj—: no es verdad. Estoy perfectamente cuerdo, con los pies en el suelo, y casado con una mujer guapísima, sexy e inteligente que resulta que es todo lo que buscaba en una esposa.

—Vaya, no sabía que estuvieses buscando a una cazafortunas —dijo su amigo con retintín—. De haberlo sabido te habría recordado a cualquiera de las docenas de ellas que han estado arrojándose a tus pies durante los últimos diez años. ¿Cómo te dejaste convencer?, ¿te echó algo en la bebida?

Connor apretó la mandíbula irritado mientras se dirigía a la cafetería donde había dejado a Megan. Había imaginado que así sería como lo verían los demás, las conclusiones que sacarían al saberlo, y se había dicho que no le importaba lo más mínimo, pero la verdad era que le molestaba, y mucho.

—Por supuesto que no. De hecho, más bien podría decirse que fue al revés.

En ese momento vio que Megan salía de la cafetería, con una bandejita en una mano en la que había un par de cafés y una bolsa de papel con bollos, y el maletín de su portátil en la otra.

Se detuvo para que no oyera su conversación con Jeff.

—Eh... Connor, ¿de qué estás hablando? —le preguntó su amigo sin comprender.

—Dejé que bebiera demasiado y no se acuerda de casi nada de lo que pasó esa noche.

—Déjame adivinar —dijo Jeff con la misma aspereza de antes—: seguro que sí recordaba que os habíais casado.

—Sí, pero por desgracia no recuerda por qué accedió cuando se lo pedí, y me ha costado bastante convencerla para que me dé una oportunidad. Vamos camino de Denver para recoger sus cosas y va a vivir tres meses de prueba conmigo.

—¿Me tomas el pelo? —inquirió su amigo con tal incredulidad que hasta se le escapó un gallo.

Connor no pudo evitar sonreír.

—No. Ya sé que parece una locura, Jeff, pero sé que es la mujer adecuada, y me gusta muchísimo.

—¿Y sabe lo de Caro?

—Sí, se lo conté la noche que nos conocimos. Bueno, lógicamente a la mañana siguiente no se acordaba, así que se lo volví a contar.

Durante la charla que habían tenido esa mañana para refrescarle a Megan la memoria, ella le había preguntado si había tenido alguna relación seria.

—No puedo creer que ni siquiera me la hayas presentado. Quiero conocerla... ahora que sé que no te llevó al altar a punta de pistola —dijo Jeff.

Connor sonrió y empezó a caminar de nuevo, levantando una mano para que Megan lo viera. Cuando ella le sonrió también sintió un cosquilleo en el estómago.

—Ya te la presentaré.

—Está bien, pero quiero detalles, así que comienza por el principio.

—Apenas te habías marchado con la camarera se presentó en nuestra mesa la «gimnasta» y me entró con la que debe ser la peor frase para ligar de la historia.

—¿La gimnasta? ¡No fastidies!

Megan llegó junto a él en ese instante, y debía haber oído la última parte, porque enarcó una ceja, como divertida, y se puso de puntillas para decir por el teléfono:

—No soy gimnasta.

Connor se rio y sonrió al verla sonrojarse cuando la besó en la sien.

—Está bien, es verdad —le confesó a Jeff—, no es gimnasta y no era una frase para ligar...

Megan se despertó con los rítmicos latidos del corazón de Connor bajó su oído, con el peso de su brazo en torno a su cintura, y un torbellino de pensamientos. Después de dos días en Denver durante los que no habían parado un momento, por fin habían acabado de empaquetar todo lo necesario en su apartamento.

Se habían reído muchísimo mientras negociaban las condiciones de esos tres meses: si dormirían juntos o no, los viajes y obligaciones sociales, los compromisos profesionales de cada uno...

Con tanto que planear, hasta medianoche no habían llegado a la casa de Connor en San Diego, y unos cinco minutos después habían caído rendidos en la cama.

Soñolienta, parpadeó para acabar de despertarse, y una sonrisa tonta se dibujó en sus labios cuando de improviso acudió a su mente la frase «hoy es el primer día del resto de tu vida».

Se bajó de la cama con cuidado de no despertar a Connor, bajó las escaleras, y fue encendiendo las luces por donde pasaba para familiarizarse con la casa y tomando nota de los detalles que pudiesen darle pistas sobre el hombre con el que se había casado.

Entonces, sin saber por qué, recordó lo que le había dicho su madre al despedirse de ella cuando la había llamado por teléfono el día anterior: «Pues vas a tener que espabilarte y esforzarte más si no quieres perder a este...».

Megan sacudió la cabeza. Su madre... ¡siempre igual!, pensó con un suspiro. A través de las puertas acristaladas del salón se veía que la oscuridad de la noche se estaba diluyendo en la claridad del amanecer. Las palmeras se recortaban en la distancia y las olas acariciaban la tranquila playa.

Dio un paso hacia allí, queriendo apartar de su mente las palabras de su madre y los recuerdos que habían arrastrado consigo, perderse en aquella belleza que estaba destapando la salida del sol, pero los fantasmas del pasado ya se habían apoderado de ella.

Recordó a todos los «papás» que habían pasado

por su vida, aquellos hombres por los que su madre, Gloria Scott, había estado dispuesta a hacer lo que fuera y a ser lo que creía que ellos esperaban que fuera con tal de mantenerlos a su lado.

Recordó los cambios en la personalidad de su madre y en sus metas habían anunciado cada vez la llegada de un hombre nuevo a su vida.

Recordó su determinación de no encariñarse demasiado con ninguno, por muy simpático o divertido que fuera, porque aquellas relaciones de su madre nunca duraban demasiado.

Su madre creía que si se esforzaba lo suficiente, si hacía lo indecible, no la dejarían, pero todos habían acabado dejándola. Eugene, Charlie, Pete, Rubin, Zeke, José y Dwayne. Siete maridos que habían entrado y salido de su vida, y su madre todavía no había comprendido que una relación dependía de dos personas y no solo de una, y que intentar aferrarse a un barco que se hundía era prolongar lo inevitable.

¿Estaría repitiendo los errores de su madre aunque se había prometido cien veces que a ella no le pasaría? Se había casado con un hombre al que acababa de conocer, un hombre que estaba decidido a no dejarla escapar.

Connor decía que le gustaba todo de ella, pero... ¿y si estaba equivocado? ¿Y si esa noche por el efecto del alcohol no había sido ella misma? ¿Y si estaba tan entusiasmado por que había accedido a casarse con él que todavía no se hubiese dado cuenta?

¿Cuánto tardaría en romperse la burbuja y la viese tal y como era y no como creía que era? ¿Sería durante esos tres meses de prueba... o cuando ella hubiese empezado a hacerse ilusiones?

—Te has levantado temprano.

Megan se giró y encontró a Connor apoyado en el

quicio de la puerta del salón. Llevaba unos pantalones de pijama de color gris claro, pero tenía el torso desnudo.

—Tú también —contestó ella.

Estaba guapísimo con el cabello revuelto y esa sombra de barba que le daba un aire de bandido que encajaba perfectamente con la media sonrisa en sus labios y el brillo travieso en sus ojos.

—Me sentía solo en la cama sin ti —le dijo guiñándole un ojo—. Y estaba pensando que a lo mejor te gustaría que te hiciera un pequeño tour por tu nuevo hogar. ¿Te apetece un café?

Al oír esa palabra, a Megan se le escapó un gemido de placer. Hasta que no se había tomado su taza de café por la mañana no era persona.

—Café... oh, sí, por favor. Me muero por un café.

Connor se rio antes de ir junto a ella y tomarla de la mano.

—Mi ego me exige que la próxima vez que gimas de esa manera no sea por una taza de café. Anda, vamos.

Ya en la cocina, mientras el ponía la cafetera en marcha, Megan vio qué podía encontrar en el frigorífico.

—No se me da muy bien la cocina, por si no lo había mencionado ya —le dijo girando la cabeza—, pero aquí tienes unos gofres congelados que no deben ser difíciles de preparar.

Connor se le acercó por detrás y empujó la puerta del congelador con una mano para cerrarla mientras con la otra le rodeaba la cintura.

—Luego —dijo girándola hacia él.

A Megan el corazón le dio un brinco y sintió un cosquilleo en el vientre.

—Connor... —le advirtió dando un paso atrás.

—Relájate, cariño —Connor la asió por las caderas para hacerla retroceder hasta la mesa de la cocina y la levantó para sentarla encima—. Lo único que quiero es el beso de buenos días que habíamos acordado.

Como tenían posturas enfrentadas respecto a esa cuestión, ella no quería que el sexo le impidiera pensar con claridad, y él no quería prescindir del sexo—, después de mucho debatirlo habían llegado a un acuerdo de cuatro besos al día: uno de buenos días, otro de «que tengas un buen día», uno al llegar a casa, y uno de buenas noches.

Cuatro besos. Podía con cuatro besos, se dijo, pero una ola de calor la invadió cuando Connor se inclinó hacia ella asiéndola de nuevo por la cintura para atraerla hacia sí. Megan, que no sabía qué hacer con las manos, se las puso en los hombros.

—Solo un beso, Connor —le recordó en un susurro, sintiéndose algo embriagada por el olor de su piel.

—Un beso... como yo quiera —le recordó él también, rozándole la línea de la mandíbula con la nariz.

—Sí, pero solo uno —insistió ella cuando los labios de Connor se acercaban ya a los suyos.

Él esbozó una sonrisa lobuna.

—Ya veremos —murmuró.

Capítulo 12

NADA de sexo? —repitió Jeff entre toses al otro lado de la línea.

Connor, que había activado la opción «manos libres» en el móvil porque iba conduciendo, apretó irritado el volante. No le había pasado desapercibido el tono divertido de su amigo, por mucho que hubiera intentado disimularlo. Al menos a alguien le parecía gracioso.

—Sí, yo tampoco puedo creerlo, pero Megan...

Inspiró y miró un instante el acantilado que descendía hasta el océano a su derecha antes de volver a fijar la vista en la carretera. Había estado seguro de que conseguiría vencer su resistencia con aquello de la cuota diaria de besos porque, cuando se besaban, se besaban de verdad. De hecho, solo de pensar en cómo subía la temperatura cuando se besaban le invadió una ráfaga de calor y tuvo que desabrocharse el primer botón de la camisa y aflojarse la corbata. Sin embargo, Megan estaba manteniéndose firme.

—En fin... —continuó—, dice que no quiere que nada le nuble el juicio mientras intenta decidir si lo nuestro puede funcionar.

—Es comprensible. El sexo puede hacer que uno confunda las prioridades, darle sentido a lo que no lo tiene, hacer que algo parezca especial cuando en realidad no lo es. Chica lista.

Connor apretó los dientes. No estaba seguro de qué respuesta había esperado de Jeff, pero desde luego no era esa.

—Bueno, y dejando a un lado que tu mujercita te encuentra absolutamente «resistible», ¿cómo te trata la vida de casado?

—Bien, sin muchas sorpresas. Megan es más reservada de lo que me pareció la noche que nos conocimos, y la noto algo obsesionada con asegurarse de que sé en lo que me estoy metiendo. Me enumera los defectos que tiene porque dice que no quiere arriesgarse a que me tope de repente con algo que luego se convierta en causa de divorcio.

Jeff se quedó callado unos segundos, y cuando volvió a hablar ya no tenía ese tono de guasa.

—¿Causa de divorcio?

—Son tonterías sin importancia —lo tranquilizó Connor—, pequeñas rarezas de esas que tenemos todos.

A él por lo menos le daba igual que no fuera la mejor de las cocineras o que tuviera una cierta tendencia a entusiasmarse demasiado cuando se aficionaba a algo.

—Me hace reír, me siento a gusto cuando estamos juntos, y siento que puedo hablar con ella de cualquier cosa —le dijo a Jeff.

Sin embargo, aunque había conseguido que le diese una oportunidad a su matrimonio, sabía que no era cosa hecha ni mucho menos que accediese a permanecer a su lado después de esos tres meses.

—Bueno, me alegra que hayas encontrado a una mujer con la que puedes hablar. Sé que siempre habías querido un matrimonio que se pareciese más a una fusión empresarial que a un matrimonio, y después de lo de Caro...

—Oye, estoy a punto de entrar en casa —lo interrumpió Connor, aminorando la velocidad al acercarse a la verja—. Hora de enfrentarme a un nuevo asalto con mi mujercita —bromeó.

—Lo capto —contestó Jeff riéndose—. Pues nada, buena suerte. Me parece que la vas a necesitar.

Connor cortó la llamada, y momentos después se bajaba del coche, ansioso por ver a Megan. Ya no estaría en pijama como al despedirse de ella esa mañana. Medio dormida como estaba, había ronroneado como un gatito cuando la había besado.

Sin embargo, no pudo evitar fantasear con que apareciese con el cabello revuelto, ese pijama de seda, y que se lanzase a sus brazos y le diese uno de esos besos que decían: «Estaba deseando que llegaras». Sí, ya, ¡como que eso iba a pasar...!

Entró en la casa, cerró la puerta tras de sí y la llamó con un: «¡Cariño, ya estoy en casa!».

Solo le respondió el silencio. Soltó las llaves en la mesita de cristal del salón y subió las escaleras. El segundo piso estaba a oscuras e igualmente en silencio. El tercer piso también. Frunció el ceño y miró en su móvil por si tenía algún mensaje de ella. Nada.

No era que fuese una novedad para él volver a casa y encontrársela vacía, pero con Megan viviendo allí con él había esperado... algo distinto.

Y no era que estuviese decepcionado. Siempre había tenido claro que quería por esposa a una mujer independiente que no lo hiciese sentirse culpable por los horarios que tenía o que estuviese pegada a él como una lapa. Sin embargo, tuvo que admitir para sus adentros que no había esperado que las cosas fueran a ser así ya, cuando apenas llevaban una semana casados.

A medio camino por el pasillo a oscuras Connor se detuvo frente a la puerta del estudio, que le había cedido a Megan como despacho. Por debajo de la puerta cerrada se veía una rendija de luz, y al quedarse escuchando oyó un ruido, como un tecleo. De modo que estaba allí...

Giró el pomo, abrió lentamente la puerta, y vio que en el escritorio, de espaldas a él, estaba sentada Megan con la mirada fija en la pantalla del ordenador mientras tecleaba sin cesar.

Estaba vestida con una camiseta y unos pantalones de chándal, se había recogido el pelo en una coleta, y no lo había oído entrar porque tenía unos auriculares puestos. No podía decirse que estuviera sexy, pero Connor no podía apartar los ojos de ella.

Nunca se habría esperado llegar a casa y encontrarse una escena así si se hubiese casado con Caro. Habría estado toda peripuesta, y al verlo llegar se habría mostrado atenta y habría iniciado una charla insustancial, como uno hacía con los extraños en una fiesta.

Desde el umbral de la puerta, Connor se planteó qué hacer, ya que no lo había oído llegar. Podría entrar y, aprovechando que estaba distraída, apartarle la coleta y besarla en el cuello, en ese punto tan sensible detrás de la oreja, y luego dejaría que sus labios siguieran por donde quisieran.

O podría ir a llamar por teléfono para pedir comida a domicilio, porque con lo abstraída que estaba en el trabajo seguro que ni se había acordado de la cena.

Además, cuando reclamara su beso de «bienvenido a casa» quería tener toda la atención de Megan. Estaba dándose la vuelta cuando ella lo llamó a voces, sin duda porque con los auriculares no se oía a sí misma.

—¿Connor?

Él se giró y vio que se había quedado mirándolo con una expresión confundida que resultaba adorable. Cuando sonrió y se señaló la oreja, ella se dio cuenta de lo que quería decirle y se quitó los auticulares.

—Eh, hola, preciosa. ¿Qué tal tu día?

Megan debió de tomarse lo de «preciosa» como una crítica velada, porque se apresuró a remeterse tras las orejas los mechones que habían escapado de la coleta y a sentarse bien en la silla.

Y entonces, de repente, ocurrió algo muy interesante: ese azoramiento se disipó y Megan apretó la mandíbula, como si fuera a afrontar un reto.

—Perdona, a veces cuando estoy trabajando pierdo la noción del tiempo. A algunas personas les resulta bastante irritante.

Ah, más revelaciones. En fin, si con decirle esas cosas se quedaba más tranquila...

—¿Te queda mucho? Porque estaba pensando que podría llamar y pedir comida china.

—¿No te importa? —le preguntó Megan.

—Pues claro que no; hoy por ti, mañana por mí —respondió él—. Voy a llamar y luego me daré una ducha rápida. Nos vemos abajo cuando termines.

Al ver a Megan fruncir ligeramente el ceño, Connor se detuvo.

—¿Ocurre algo?

—¿No quieres tu beso de «bienvenido a casa»?

—Ya lo creo que lo quiero —contestó él con una sonrisa traviesa—, pero no hasta que tenga toda tu atención.

Cuando salió y cerró la puerta tras de sí, Megan se quedó mirando la pantalla del ordenador. Se sentía aliviada de que Connor hubiese aceptado tan bien haberla encontrado enfrascada en el trabajo y vestida de andar por casa, pero seguía sin poder desechar sus dudas. Tenía la sensación de que si aquello no lo había echado para atrás, alguna otra cosa lo haría. Antes o después ocurriría, estaba segura.

No quería pensar así porque había muchas cosas que le gustaban de él, pero sospechaba de esa calma que mostraba cuando hacía algo que se suponía que tendría que irritarle o desagradarle, y se preguntaba qué podría esconder.

Cierto que tampoco era un crimen quedarse trabajando hasta tarde, pero es que era como si no le molestara en absoluto nada de lo que hiciera o dijera, como si le resultan indiferentes sus malos hábitos y sus defectos. Era como si Connor estuviese tan empeñado en demostrarle que aquel matrimonio era cosa de la providencia, que hubiese decidido cerrar los ojos a cualquier cosa que no encajase en la ecuación. Pero un día ya no sería capaz de seguir haciéndolo, ¿y qué pasaría entonces?

¡Dios!, quería creer en aquello, en ellos, pero con tanto en juego necesitaba que Connor viese más allá de esa ilusión de perfección, necesitaba que la viese tal y como era.

Capítulo 13

QUE te preparó qué? —exclamó Jeff con incredulidad al otro lado de la línea.

Connor le estaba contando el último intento de Megan de «abrirle los ojos» a una realidad que esperaba que le causara rechazo. Y había vuelto a fallar.

—Crema de atún con puré de patatas y guisantes —repitió. Los guisantes eran de lata, el puré de caja y la crema de atún congelada. Lo sabía porque Megan había dejado los envases vacíos a plena vista en la encimera de la cocina—. Según parece es uno de los platos favoritos en su familia y le gusta prepararlo de vez en cuando.

—¡No fastidies! Parece que va en serio con lo de intentar que te eches atrás.

Connor apretó la mandíbula.

—Pues va a necesitar algo más si cree que voy a salir huyendo porque no me gusta lo que cocina.

—¿Y te lo comiste?

—Pues claro que me lo comí —contestó él, entre ofendido y sorprendido de que Jeff le preguntara eso—; lo había preparado para mí —se había tomado hasta el último bocado como si fuera maná caído del cielo. Luego, sin embargo, se rio entre dientes y añadió—: Pero tengo que reconocer que esa porquería gelatinosa... que ni siquiera Megan se comió, por cierto, es lo peor que he probado en toda mi vida.

—Yo no podría comerme eso.

Una media hora después, habiendo dejado aparcada su frustración por aquellas pruebas a las que lo sometía Megan, Connor entraba en la cocina aflojándose la corbata y desabrochándose el primer botón de la camisa. Sus ojos se posaron en el delicioso trasero en pompa de Megan que, enfundada en unos *leggings*, estaba inclinada mirando algo que tenía en el horno. Parecía una lasaña, pero, por cómo olía, a Connor le dio la sensación de que se estaba quemando más que un poco. No..., otra vez no...

—Eh, hola, preciosa —la saludó, un segundo antes de deslizar las manos por la suave curva de sus caderas.

Necesitaba recordarse por qué iba a comerse esa lasaña quemada dentro de unos momentos, un incentivo.

Megan cerró la puerta del horno antes de erguirse, y cuando fue a volverse hacia él Connor comenzó a decirle:

—¿Qué tal si me das ahora mi beso de bienve...? ¡Puaj! —exclamó echándose hacia atrás al verle la cara. La tenía toda cubierta de un emplasto verdoso que apestaba.

—Tu beso, ¿eh? —Megan se rio y le dio unas palmaditas en el pecho—. Perdona si te he asustado con estas pintas. Es una mascarilla facial que me aplico una vez a la semana.

—¿Una vez a la semana? —repitió él. ¿Con lo mal

que olía? Se acercó un poco y tocó la pringosa mejilla de Megan con el dedo—. ¿Y qué se supone que hace?

Megan se encogió de hombros y se movió a un lado, apartándose del calor del horno.

—Eh... bueno, reduce los poros, elimina impurezas de la piel y deja la piel más suave. Y le da un aspecto más joven y más sano.

Umm... La mitad del tiempo que pasaba con ella no llevaba ningún maquillaje y estaba preciosa. De hecho, nunca habría dicho que su piel tuviera la menor impureza. ¿Sería por esa mascarilla?

—Interesante —murmuró frotándose la yema del índice con la del pulgar para quitarse la pringue del dedo—. ¿Algún otro secreto de belleza que deba conocer?

Una sonrisilla asomó a los labios de Megan, y aunque la reprimió de inmediato, él ya la había visto, y le había parecido una sonrisa juguetona, igual que el brillo en sus ojos.

—No, creo que no —respondió.

Connor frunció el ceño. De modo que otra vez estaba poniéndolo a prueba... Aquello estaba empezando a irritarlo de verdad. Llevaban tres semanas viviendo bajo el mismo techo y seguía obsesionada con que en algún momento iba a descubrir algo de ella que le hiciera poner pies en polvorosa.

—Sé lo que estás intentando, Megan.

Ella se quedó mirándolo recelosa y apretó los labios, como preparándose para una discusión. Y hacía bien en prepararse, pensó Connor, porque tenía que dejarle algunas cosas bien claritas. Dio un paso hacia ella, apartando de su mente esas murallas defensivas que ella había ido levantando en torno a sí, y también la apestosa mascarilla y las demás pruebas a las que lo había sometido, hasta que solo vio delante a la mujer que lo había fascinado desde el instante en que se habían conocido.

—Sé lo que quiero, Megan —dijo mirándola a los ojos.

Ella dio un paso atrás, como queriendo alejarse de él, pero se topó con la encimera y espiró temblorosa por la boca.

—Y si crees que la amenaza de una mascarilla maloliente o cualquier otra cosa parecida va a evitar que me cobre mi beso... —le acarició la oreja y metió tras ella un mechón, para luego dejar que sus dedos descendieran por el cuello de Megan. Se inclinó, y le susurró—: te equivocas.

Megan parpadeó y abrió la boca para decir algo, pero antes de que pudiera decir nada, sus labios descendieron sobre los de ella.

De acuerdo, aquello no había ido como había planeado, pensó Megan. Jadeante y temblorosa por el deseo insatisfecho, se bajó de la encimera y siguió con la mirada a Connor, que estaba saliendo de la cocina... ¡e iba silbando!

Como si se hubiera apuntado una victoria en vez de estar alejándose con la cara pringosa de su mascarilla, con la mitad de los botones de la camisa arrancados y un bulto más que sospechoso en la bragueta.

Megan había logrado resistírsele, aunque le había llevado varios minutos recobrar el juicio. Y posiblemente había sido solo porque, en medio del apasionado beso, cuando él había despegado sus labios de los de ella para besarla en el cuello, había abierto los ojos y había visto reflejado su rostro verdoso en un bol de metal que había sobre la isleta central de la cocina. Aun así, después de un par de intentos infructuosos porque le faltaba el aliento, había logrado pronunciar su nombre en un tono de reproche y unos minutos después hasta había desenganchado los tobillos de su espalda y le había pedido que parara. Y se lo había dicho en serio. Bueno, más o menos.

Connor había tomado sus labios una última vez con un beso que había vuelto a dejarla sin aliento y luego se había alejado... silbando.

¡Por favor! ¿Es que ni siquiera aquella apestosa mascarilla bastaba para hacer que Connor se echara atrás? Era evidente que se había casado con un peso pesado. Sabía lo que quería y estaba dispuesto a aguantar lo que fuera para mantenerla a su lado.

Megan tragó saliva. Connor le gustaba, le gustaba de verdad, pero el hecho de que en ningún momento dejara entrever la menor vacilación la aterraba. Porque al negarse a aceptar quién era en realidad, y reprimir cada una de sus reacciones, no le estaba dejando ver a ella tampoco al verdadero Connor.

Sin embargo, a pesar de todo se sentía incapaz de decir «esto no va a funcionar» y marcharse. Por cada defecto que él le había pasado por alto había habido un centenar de momentos en los que le había sido sincero, momentos tan puros, tan intensos... Dios..., tenía que tener cuidado; no quería acabar con el corazón roto otra vez.

Megan no podía creerse que las cosas hubiesen llegado a ese punto. Sabía que lo que más le gustaba para desayunar eran los gofres con sirope de caramelo. Y no solo eso; llevaba parada diez minutos en la sección de congelados, con un paquete de distinta marca en cada mano, comparando los ingredientes para ver cuál podía ser mejor.

Aquello no era bueno, nada bueno. Por no mencionar lo embarazoso que era, ahora que se paraba a pensarlo. «¡Por amor de Dios, no son más que gofres!», se reprendió, dejando los dos paquetes.

Sintiéndose como una tonta miró hacia el final del pasillo, casi esperando encontrar a un grupo de gente mirándola y haciendo apuestas por qué marca se iba a llevar.

Sin embargo, sus ojos se posaron en una cara conocida, aunque los veinte años que habían pasado la habían vuelto ajada, y peinaba ya bastantes canas. Estaba inclinado sobre una de las repisas del supermercado, como buscando algo en particular.

—Pete... —musitó.

Parpadeó y avanzó hacia él antes siquiera de pensar en refrenar el impulso. No podía ser él. En todos esos años, cada vez que había visto a algún hombre que se le parecía había pensado que era él y luego no había sido. Pero esa vez... podría jurar que era él.

Con el corazón latiéndole con fuerza, sintió que una risa le subía por el pecho. ¿Cómo debería saludarlo? ¿Con un abrazo?, ¿estrechándole la mano? ¿Debería decirle cuánto lo había echado de menos?

Tenía que vivir por allí cerca, aunque sabiendo lo mucho que le gustaba viajar, tal vez solo estuviese de paso.

Justo cuando estaba alargando el brazo para tocarle el hombro, él dijo de repente:

—Eh, cariño, ¿nos llevamos una tableta de estas de chocolate con almendras?

Megan se detuvo confundida. Solo entonces él se giró y se rio sorprendido antes de dar un paso atrás.

—Oh, perdóneme, señorita. Como no estaba mirando, he pensado que era mi hija.

En ese momento apareció una mujer joven embarazada de bastantes meses, acariciándose la barriga con una mano mientras comprobaba la lista de la compra que llevaba en la otra.

—No deberíamos, papá, pero bueno, por una tableta tampoco creo que pase nada.

Pete asintió y echó una tableta al carro antes de girar de nuevo la cabeza hacia Megan, que se había quedado mirándolo.

No tenía ni idea de quién era, pensó Megan. Claro que, ¿por qué iba a acordarse de ella? La última vez que la había visto solo era una chiquilla.

—Pete, soy Megan, Megan Scott. Bueno, era Megan Scott hasta hace poco; me he casado. Mi apellido de casada es Reed.

Notó que se le subían los colores a la cara por el placer que suponía para ella poder decirle que se había casado. ¡Y pensar que podría presentarle a Connor! Seguro que se caerían bien. Hasta ese momento no se le había ocurrido, pero la verdad era que había muchas cosas en las que se parecían.

Sin embargo, toda esa emoción se frenó en seco cuando vio a Pete fruncir el ceño, como si no la recordara.

—¿Megan... Scott? —giró la cabeza hacia su hija, que estaba observándoles con una sonrisa amable, y chasqueó los dedos antes de volver a mirar a Megan—. ¡Ah!, la chica del banco, ¿no?

Capítulo 14

De acuerdo, sí, estaba buscando pelea, admitió Connor para sus adentros. Al subir con el coche hacia la casa sintió la misma tensión en la espalda y el cuello que cuando iba a comenzar una dura negociación en su trabajo. Estaba deseando ver a su esposa y que ocurriese algo, lo que fuera.

No había vuelto a someterlo a más «pruebas», pero se había incrementado el distanciamiento emocional, las miradas de recelo y especulativas cuando pensaba que no la estaba mirando... y a veces hasta cuando sabía que la estaba mirando. Aquello iba a estallar de un momento a otro.

Lo que no se esperaba era encontrarse, al cruzar la verja y ver la puerta del garaje abierta, el coche de Megan aparcado allí con ella sentada dentro. Alarmado, paró el coche, se bajó, y se dirigió hacia allí. Algo no iba bien.

Al entrar en el garaje rodeó el coche para ir junto a su ventanilla, y se paró en seco al ver su expresión desolada y sus mejillas surcadas por regueros de lágrimas. Por primera vez desde el día en que se habían conocido, vio en Megan algo distinto: bajo su aparente fortaleza había fragilidad, algo que sin duda no dejaba entrever muy a menudo, pero que en ese momento no podía ocultar.

¿Era culpa suya que estuviera así?, se preguntó preocupado. ¿La habría presionado demasiado?, ¿le habría pedido demasiado? Con el corazón latiéndole pesadamente se obligó a llamar con los nudillos en el cristal en vez de arrancar la puerta para averiguar qué había pasado y si era culpa de él, para asegurarse de que Megan estaba bien.

Megan dio un respingo cuando él abrió la puerta, y se apresuró a secarse las mejillas con el dorso de la mano y balbucir una disculpa ininteligible.

Connor le puso una mano en el hombro para calmarla y se acuclilló a su lado, escrutando su rostro en silencio antes de que ella pudiera ocultar sus sentimientos tras una máscara. Sin embargo, por más que Megan se enjugaba las mejillas, nuevas lágrimas volvían a rodar por ellas.

—Megan, cariño, ¿qué ocurre?

Ella inspiró temblorosa por la boca, tragó saliva y agachó la cabeza.

—Es una estupidez. Perdóname, no debería estar así. Es que... he visto a alguien a quien conocía en el supermercado.

Connor sintió un inmenso alivio al saber que no era él quien la había hecho llorar, pero no fue nada comparado con la ira que se apoderó de él de solo pensar que alguien le había hecho daño a su esposa. Alguien a quien conocía...

—¿Barry? —le preguntó.

¿El idiota que se había casado con otra estando prometido con ella? Connor creía que Megan lo había olvidado, que había pasado página. ¿Podría ser que estuviera equivocado y aún sintiera algo por él?

Megan negó con la cabeza e hizo un valiente esfuerzo por sonreír a pesar de que le temblaban los labios.

—No. Se llama Pete, y durante un año, hace mucho tiempo, fue mi padrastro.

¿Su padrastro? Connor no entendía nada. Megan le había dicho que su madre se había casado varias veces y que ninguno de sus maridos le había durado mucho, por lo que había tenido la impresión de que no habían sido importantes en su vida. Quizá había sido una impresión errónea.

—¿Qué ha pasado?

—No se acordaba de mí —Megan contrajo el rostro y cerró los ojos.

Cuando volvió a abrirlos, parpadeó para intentar contener las lágrimas y apretó la mandíbula, como si quisiera mostrarse fuerte a toda costa, dominar sus emociones. Connor la admiraba por ello, pero las lágrimas volvieron a surcar sus mejillas, y el dolor en sus ojos era inconfundible. Él conocía muy bien ese dolor, la clase de dolor que emanaba de una herida en lo más hondo del alma. Lo conocía y lo temía.

Era la clase de dolor en el que la esperanza de algo que uno sabía que no podía tener le atenazaba el corazón. La clase de dolor que nadie podía mitigar, la clase de vacío que nadie podía llenar. Uno solo podía rezar por que la persona fuese lo bastante fuerte como para sobrellevarlo.

—No sabes cuánto lo siento, cariño —le dijo.

—Fue hace mucho tiempo —respondió Megan—. No sé cómo esperaba que se acordase de mí, pero estuve a punto de echarme a sus brazos y... —la voz se le quebró y apartó la vista.

Connor no podía soportar verla así; tenía que hacer algo. Tomó su mano y le acarició los nudillos con el pulgar.

—Anda, vamos dentro.

Megan asintió y Connor dio un paso atrás y la ayudó a bajarse del coche. Ella se quedó mirándolo con los labios apretados y los ojos llenos de lágrimas que se agolpaban en ellos, y se abrazó a él, hundiendo el rostro en su pecho. Connor no pudo hacer otra cosa más que rodear con los brazos sus hombros temblorosos.

Apoyó la mejilla en su sedoso cabello y le acarició la espalda.

—Tranquila, cariño, me tienes a mí; estoy aquí —la tranquilizó acunándola suavemente.

Quería protegerla, y se sentía feliz de que ella no estuviese rechazando su consuelo.

—Le dije mi nombre, pero aun así seguía sin recordarme. Cuando le dije quién era mi madre por fin recordó, pero fue tan... incómodo.

Connor la llevó dentro de la casa, y luego al dormitorio, donde se tumbó con ella en la cama. Megan tenía la cabeza apoyada en su hombro, y hablaban en susurros, mientras la luz del día se disipaba para ser reemplazada por las sombras.

—Todos los hombres que estuvieron con mi madre eran buenos tipos —dijo Megan—. Habría sido más fácil si mi madre se hubiese emparejado cada vez con un idiota; así habría deseado que saliesen de nuestras vidas lo antes posible. Pero no fue así, eran todos amables, hombres buenos, y yo siempre esperaba que se quedaran, aunque en el fondo sabía que no lo harían.

—¿Cuántos...?

—¿Con los que se llegara a casar? —lo interrumpió ella—. Siete.

Siete con los que se había casado... De modo que había habido unos cuantos más. Connor no podía ni imaginarse lo que debía haber sido para una niña pequeña que sus padrastros entraran y salieran de su vida como si fuera una puerta giratoria. Tampoco comprendía cómo su madre podía haberle hecho algo así, pero sabía muy bien cómo eran las mujeres que no podían controlar su corazón, ni siquiera por el bien de sus hijos o de sí mismas. Aunque al menos la madre de Megan había sido capaz de reaccionar y no se había quedado paralizada cuando le habían roto el corazón.

—Cuando se casó con Pete yo apenas hablaba con él —le confesó Megan—. Sé que no estaba bien que lo tratara así, pero solo hacía dos meses que se había marchado el hombre con el que había estado mi madre antes de él, y yo no quería... encariñarme con él, supongo.

—Lo comprendo —asintió Connor.

—Pero Pete quería ganarse mi confianza, hacer que su relación con mi madre funcionase. Me contaba chistes y cuentos, me llevaba a pescar... Y también charlaba conmigo y me escuchaba, me escuchaba de verdad. Me hizo sentirme... especial. Era como si para él no fuera solo la hija que entraba en el lote con la mujer con la que se había casado. Claro que ahora, en retrospectiva, me pregunto si no sería más bien que quería encontrar algo que lo uniera a mi madre, con quien en realidad tenía más bien poco en común —le explicó Megan—. Cuando se marchó creí que sería... distinto de como había sido con los otros. Creía que se despediría de mí, o que a lo mejor me llamaría para decirme que me echaba de menos y que sentía haber tenido que marcharse. Pero no lo hizo, y supuse que era porque mi madre, cuando acababa con uno de sus novios o se divorciaba, no quería volver a saber nada de esos hombres. Y, aun así, como él me había dicho que me quería, seguí esperando, esperando... Y quizá nunca perdí del todo la esperanza de que le importara de verdad, porque esta tarde, cuando lo vi en el supermercado... Dios, Connor..., me comporté como una tonta.

—No, Megan, eso no es verdad.

Que pensara siquiera eso... Connor maldijo en silencio a su madre y a aquel Pete por haberla hecho sufrir de ese modo, por no haberse dado cuenta del impacto que tendría la irresponsabilidad de sus actos. Y encima aquel tipo le había hecho creer a Megan que la quería para luego salir de su vida sin mirar atrás, a una niña a la que le habían roto el corazón una y otra vez.

Si Megan le dejaba, le daría la felicidad que merecía, se juró a sí mismo. Sería constante en su cariño, sería un hombre con el que pudiese contar.

Megan se despertó sobresaltada y se incorporó como un resorte. Sus ojos recorrieron el hueco vacío a su lado en la cama y el resto de la habitación, intentando centrarse en la realidad del presente, intentando apartar la pesadilla que aún flotaba en su mente.

En ella se había visto corriendo, perdida en una densa niebla. Iba buscando a Connor, y aunque en la pesadilla se había dicho que aquel matrimonio era un error, había sido incapaz de detenerse y había seguido buscándolo.

De pronto Connor había aparecido a su lado, sus cálidos brazos la habían rodeado, y la había calmado susurrándole al oído cosas que no comprendía.

Y entonces, al alzar la vista para preguntarle qué estaba diciendo, se había encontrado con que era la cara de Pete, aunque hablaba con la voz de Connor.

«No te preocupes», le había susurrado. «Vamos a ser buenos amigos tú y yo».

Desesperada, había mirado a su alrededor, y había visto a Connor a lo lejos y le había llamado. Él le había sonreído, y había dicho: «Lo siento, no te recuerdo».

Apartó a un lado las sábanas y se dijo que aquella pesadilla no era más que su mente intentando procesar el mal trago por el que había pasado el día anterior, pero el pánico que la había invadido no parecía pasar. Tenía que ver a Connor; necesitaba...

—Eh, te has despertado.

Megan se giró hacia la puerta, en cuyo umbral estaba Connor con una camiseta y unos vaqueros que insinuaban el musculoso cuerpo que se ocultaba debajo de ellos. La sonrisa en sus labios, Megan sintió una punzada en el pecho por lo que estaba a punto de hacer.

Tragó saliva al ver que la sonrisa desaparecía, llevándose consigo la calidez de su mirada, como si hubiese adivinado lo que estaba pasando por su mente.

—No... —murmuró Connor con aspereza.

—Lo siento —murmuró ella poniéndose de pie y dando un paso vacilante hacia él—. No puedo hacer esto.

—Mentira —le espetó él. La chispa de la ira había saltado como si hubiese estado esperando a hacerlo—. ¡Ni siquiera lo has intentado!

—Eso no es verdad —replicó Megan—. Sí que lo he intentado, llevo un mes intentándolo, pero es inútil. No quiero acomodarme en una vida que antes o después acabará desmoronándose. Yo no... —se quedó callada y rehuyó la mirada acusadora de Connor.

—¿Tú no qué, Megan? Si esto va a acabar aquí, di lo que tengas que decir.

Megan apretó los puños y trató de ignorar el dolor que sentía en el pecho.

—No confío en ti.

—No, claro, ¿por qué ibas a confiar en mí? —le espetó él con sarcasmo—. Al fin y al cabo solo he sido completamente sincero contigo desde el principio —dijo apartándose de la puerta y pasándose irritado una mano por el cabello.

Megan lo observó angustiada mientras iba de un lado a otro de la habitación, como un león enjaulado.

—No es por ti —le juró—; es por mí.

Él le lanzó una mirada fulminante y soltó una risa áspera.

—¿Eso crees? Y supongo que no hay nada que yo pueda hacer, ¿no?

—No —musitó ella.

Ya había hecho demasiado. Había sido demasiado perfecto. Demasiado perfecto como para que pudiera creer que era real.

Connor se cruzó de brazos y se quedó mirándola fijamente.

—Nunca quisiste convencerte de que este matrimonio podría funcionar. Desde el principio has estado buscando excusas para poder justificar tu marcha sin haber arriesgado... nada.

Ella lo miró boquiabierta. Eso no era cierto. Ella... ella... De repente estaba enfadada, muy enfadada. Consigo misma, con Connor, con Pete y con su madre.

—¿Cómo esperas que lo arriesgue todo con alguien que no es real?

—¿De qué diablos estás hablando?

—¡Nada te hace reaccionar, Connor!, nada te molesta, nada te frustra. Da igual lo que te haga, lo que diga, es como si lo único que te importara fuera llegar a la línea de meta: asegurarte de que voy a seguir siendo tu esposa. Todo lo demás te da igual. Siempre te muestras tan calmado, tan encantador, tan razonable, tan racional... Siempre encuentras la solución perfecta a cualquier problema, y me es imposible creer que seas así de verdad porque nadie es tan perfecto, Connor. Por eso no puedo confiar en ti. ¡Por eso tengo que irme!

Capítulo 15

CONNOR se quedó mirando a su esposa, digiriendo aquella revelación. Hasta entonces había pensado que no podría haber nada peor que la sensación de fracaso e inutilidad que lo había marcado durante los trece primeros años de su vida, cuando ni las mejores notas, ni que marcara un gol en un partido del colegio había bastado para disipar el dolor de los ojos de su madre. No había podido competir con la dependencia que su madre tenía de los somníferos, con los que un día había puesto fin a su vida.

De pronto se preguntó si no habría reemplazado a una mujer con un dolor que él no había podido aliviar, por otra que tenía unas dudas que no podía resolver.

Debería dejarla marchar, pensó, pero entonces recordó la desolación que había visto en los ojos de Megan la noche anterior, y ese instante en el que, aunque había pensado que intentaría alejarlo, se había abrazado a él y había llorado en su pecho y aceptado su consuelo. ¿Cómo después de eso podía levantarse a la mañana siguiente y decirle que quería marcharse? Aquella situación lo estaba sacando de sus casillas.

—¿Quieres ver una reacción, Megan? ¿Quieres algo real? —avanzó lentamente hacia ella, dando vía libre a su ira—. Estoy furioso, y no es porque mi mujer me cocinara la comida más repugnante que he probado, ni por ninguna de las otras nimiedades con las que has estado poniéndome a prueba. ¿Y quieres saber por qué? Porque para mí esas cosas no significan nada. Lo que ha colmado el vaso, lo que me ha enfadado de verdad, ha sido enterarme ahora de que la mujer fuerte e independiente con la que me casé sin pensármelo dos veces ha resultado ser una cobarde que huye de los retos, una mentirosa que hace promesas que luego no cumple, y que está demasiado amargada como para creer que lo que tiene delante de las narices pueda ser real.

Megan lo miró boquiabierta y parpadeó incrédula.

—Te equivocas —musitó.

Connor sacudió la cabeza.

—Yo no lo creo. Eres como un boxeador que abandona antes del primer asalto. No tires los guantes; pégame fuerte en la cara y demuéstrame que me equivoco. Quiero que te quedes porque merece la pena luchar por esto que tenemos. Y, si eso no es lo bastante real para ti, también quiero que te quedes por esto —la agarró por los hombros y la atrajo hacia sí para besarla.

Aunque apasionado, fue un beso demasiado breve como para satisfacerlo, y cuando despegó sus labios de los de ella, con la sangre hirviéndole aún en las venas, la miró a los ojos, retándola a contestarle.

Ella se quedó mirándolo aturdida, con las manos descansando en el pecho de él.

—A pesar de estar furioso conmigo... todavía me

deseas —murmuró, estrujando con los dedos el frontal de la camiseta de Connor.

Él no podía negar el fuego que lo consumía.

—Es algo que escapa a la razón.

La atrajo más hacia sí, apretándose contra ella, y tomó de nuevo sus labios, besándola con fruición.

Las manos de Megan subieron hasta su pelo para enredarse en él mientras él la empujaba contra la pared y le subía las piernas, colocándolas alrededor de sus caderas.

Fue un beso como el de aquella primera noche, pensó Connor, ardiente, abrumador..., la clase de beso por el que estaría dispuesto a caminar sobre un lecho de ascuas al rojo vivo. Aquella era la mujer con la que se había casado.

Y entonces, cuando interrumpió el beso para que los dos pudieran tomar aire, Megan le dijo lo que había estado deseando oír:

—No soy una cobarde, ni una mentirosa.

—Demuéstramelo —la retó él con voz ronca.

Volvió a besarla de nuevo, y esa vez la lengua de Megan se enroscó con la suya con tal afán que aquello fue como echar gasolina al fuego. Las manos de ella descendieron ansiosas por su espalda y tiraron de la camiseta, levantándosela. Connor estiró los brazos y despegó sus labios de los de ella para sacársela por la cabeza.

Cuando iba a volver a apoderarse de sus labios, Megan interpuso una mano entre los dos para detenerlo.

—Tampoco soy de las que tiran la toalla —le dijo, dejando caer la mano.

Connor le puso una mano en la nuca y escrutó sus bellos ojos azules.

—Pues quédate, Megan. Quédate y danos la oportunidad que nos merecemos.

Ella le rodeó el cuello con los brazos.

—Perdóname —murmuró bajando la vista—. Tenías razón en lo que has dicho antes: he estado centrándome solo en lo que podría salir mal en vez de apreciar lo bueno. Creía que, si te mostraba lo peor de mí... —sacudió la cabeza antes de alzar el rostro y mirarlo implorante—. Me he comportado como una tonta.

Connor le puso las manos en la cintura sin poder creerse del todo lo que estaba oyendo: Megan estaba dispuesta a luchar por ellos.

—Dime qué quieres —le dijo. Le daría lo que quisiera, lo que necesitara. Le daría cualquier cosa.

Los grandes ojos de Megan se miraron en los suyos, y se oscurecieron antes de descender a su boca, donde permanecieron unos instantes que a él se le hicieron eternos.

—Te quiero a ti.

Megan dejó caer la cabeza hacia un lado mientras los labios de Connor devoraban su cuello. Estaban de pie junto a la cama, ella desnuda salvo por sus braguitas y Connor ataviado tan solo con aquellos boxers que tan bien le sentaban.

Megan se estremeció mientras las palmas de sus manos subían y bajaban por el torso de él. Su cuerpo era tan perfecto que no sabía qué parte quería tocar primero, qué parte quería saborear. No, quería acariciar y besar todo su cuerpo, eso era lo que quería, lo que necesitaba.

—Voy a hacerte el amor, Megan —murmuró él, recorriendo su cuerpo con las manos y dejando una sensación cálida en toda su piel—, y lo haré con mis manos...

Dios..., le encantaban sus caricias.

—... con mi boca... —los labios de Connor se cerraron sobre el sensible hueco en su clavícula y succionó con sensualidad, haciéndola gemir—, con mi cuerpo...

La empujó suavemente para tumbarla en la cama, y se colocó sobre ella. Luego se inclinó y trazó un ardiente reguero de besos desde su cuello hasta el pecho.

—Eres tan hermosa, Megan... —murmuró.

Rozó con sus labios un pezón, dibujó un círculo en torno a él con la lengua y lo lamió lentamente antes de seguir descendiendo por su cuerpo.

Pasó por las costillas, alrededor del pequeño y delicado ombligo, acarició con la punta de la lengua la línea de piel sobre la costura de sus braguitas...

Las manos de Connor descendieron por sus caderas, los muslos, las rodillas... La tocaba de un modo casi reverencial, como si no quisiera dejarse ni un solo milímetro.

Le abrió las piernas y se agachó para imprimir pequeños besos en el triángulo de seda y encaje de sus braguitas, tentándola con su cálido aliento.

—Oh, Connor... —gimió cuando él le dio un firme lengüetazo.

Él frotó sus labios contra la mancha húmeda que había dejado en las braguitas y Megan sintió una punzada de deseo en el vientre.

—Te necesito... —murmuró enredando los dedos en su cabello.

Connor enganchó los pulgares en las braguitas y se las bajó lentamente para luego arrojarlas a un lado. Con un brillo decidido en sus ojos, oscuros de deseo, la miró y le dijo con una sonrisa lobuna:

—Voy a darme un festín contigo; voy a lamerte despacio, saboreándote...

Megan se sonrojó, y cuando él bajó la cabeza y deslizó la lengua por entre sus pliegues jadeó su nombre. Connor continuó lamiéndola, y Megan hincaba las uñas en sus hombros, en el colchón, volvía a enredar los dedos en su pelo... Nunca había experimentado unas sensaciones tan deliciosas.

Connor estaba siendo extremadamente meticuloso, dibujando arabescos con la punta de la lengua y luego deslizando la lengua entera con lentas y firmes pasadas. Al mismo tiempo también la estaba tocando, trazando círculos con el pulgar para luego introducírselo mientras con la lengua le estimulaba el clítoris.

—¡Oh, Connor! —volvió a gemir ella, levantando las caderas.

El placer iba en aumento, su respiración se había tornado jadeante y estaba casi a punto de... Se mordió el labio inferior para no gritar y sus manos se aferraron a la colcha debajo de ella.

—Déjate ir, Megan. Quiero oírte.

Connor volvió a inclinar la cabeza para lamer el clítoris, y Megan ya no pudo seguir conteniéndose. Gemidos de deseo y desesperación escaparon de sus labios.

La tensión que había estado acumulándose dentro de ella alcanzó lugares donde jamás habría creído posible que el placer pudiera llegar, lugares que ella misma ni siquiera había sabido hasta ese momento que existían.

Sacudió la cabeza de un lado a otro, balbuciendo súplicas incoherentes, y cuando Connor succionó suavemente su clítoris fue como si tras sus párpados cerrados estallaran fuegos artificiales. Su mente se quedó en blanco con la fuerza de aquel orgasmo, y su cuerpo se convulsionó.

Jamás había experimentado una satisfacción semejante. Y, aun así, no era suficiente. Su cuerpo seguía deseando a Connor, pedía más.

Alargó el brazo y puso una mano en la mejilla de Connor que, después de quitarse los boxers y ponerse un preservativo, se estaba volviendo a colocar sobre ella.

La miró a los ojos y movió hacia delante las caderas, penetrándola con la gruesa punta de su miembro erecto. Megan aspiró por la boca y se asió a sus hombros, deleitándose en la sensación de tenerlo dentro de sí.

Connor se movió hacia atrás y luego otra vez hacia delante, estableciendo un ritmo que lo llevó poco a poco más adentro hasta que finalmente su miembro quedó hundido por completo en ella.

—No te contengas, Megan —le dijo en un susurro mientras seguía sacudiendo las caderas—. Yo tampoco voy a hacerlo.

Las caderas de ambos se movían cada vez más deprisa, y los gemidos y los jadeos de ambos se entremezclaron, culminando en un grito al unísono cuando alcanzaron el orgasmo juntos.

Cuando Megan abrió los ojos se encontró con que al lado de su mejilla, sobre la almohada, descansaban las manos de los dos, unidas. Las piernas de ambos también estaban entrelazadas, el musculoso pecho de Connor le calentaba la espalda, y notaba su respiración acompasada en el hombro. Era como estar en el cielo. ¡Y pensar que había estado a punto de echarlo todo por la borda!

Al sentir moverse ligeramente el brazo de Connor, que descansaba sobre su costado, supo que se había despertado, y cuando se volvió le chocó lo íntimo que era que los rostros de ambos estuvieran tan cerca el uno del otro sobre la misma almohada, con el sol de mediodía desparramándose por la cama.

—¿Sigues enfadado conmigo? —inquirió, escrutando las simétricas facciones de su marido.

Connor esbozó una sonrisa.

—No, no soy rencoroso, ni soy de los que discuten por cualquier cosa. De hecho, hasta ayer nunca había discutido con una mujer.

—¿Nunca? —repitió ella, sin saber muy bien qué deducir de aquello—. ¿Tan bonachón eres?

Connor rodó sobre la espalda, tragó saliva y alzó la vista hacia el techo.

—Sí y no —respondió, girando la cabeza para mirarla—. Es verdad que no me molestan las pequeñeces, las cosas que no tienen importancia, pero antes de casarme contigo... bueno, nunca me había volcado tanto en una relación.

—¿En serio?

—Sí. ¿Y tú?, ¿sigues teniendo dudas?

Megan se quedó callada un instante.

—Sí, pero por ti me merece la pena arriesgarme.

Connor le tomó la mano para ponerla en su pecho, y jugueteó con el anillo en su dedo con una expresión pensativa y el ceño fruncido, como si quisiera decir algo que no supiera muy bien cómo decirlo. Luego carraspeó para aclararse la garganta y le dijo:

—Quiero que sepas que lo entiendo, entiendo por qué esto te asusta. No quieres depositar tu fe en un tipo como ese Pete con el que se casó tu madre, un tipo que te haga promesas y luego se largue. No quieres que vuelvan a hacerte daño. Significa mucho para mí que me estés dando un voto de confianza, Megan, y te juro que no te voy a defraudar.

—Lo sé —respondió ella en un susurro. Tenía la

sensación de que había algo más que no le estaba diciendo—. ¿Qué ocurre, Connor?

Él volvió a aclararse la garganta y, cuando se giró hacia ella, Megan vio dolor en sus ojos.

—También quiero que sepas que comprendo por qué te cuesta confiar; yo también sé lo que es que te abandonen.

Hubo una larga pausa, y al final Megan no pudo seguir esperando.

—¿Qué quieres decir?

—Creo... creo que te he hablado de mi madre, ¿no? —comenzó él vacilante.

Megan parpadeó.

—Me contaste que murió cuando eras un chiquillo.

Connor asintió con la cabeza.

—Lo que no te dije... lo que no le cuento a nadie... es que fue ella quien se quitó la vida.

Megan se incorporó y puso su mano sobre el corazón de él.

—¡Oh, Connor, cuánto lo siento!

Él le dio un par de palmadas en la mano y asintió antes de estrecharla contra su pecho.

—Gracias. Llevaba mucho tiempo sintiéndose infeliz, y al final no pudo soportar tanto dolor.

—Y te dejó atrás aunque solo tenías trece años... —murmuró ella con el corazón en un puño.

De pronto las piezas comenzaron a encajar: la estrecha amistad entre Connor y Jeff, el resentimiento que sentía hacia su padre...

—Han pasado muchos años y no suelo hablar de ello —añadió Connor—, pero estás depositando tu fe en mí, estás dispuesta a confiar en mí, y quería que supieras que sé lo difícil que es y lo mucho que significa para mí.

Con un nudo en la garganta, Megan asintió contra su pecho. Estaba hablando de ella, pero en ese momento en lo único en lo que ella podía pensar era en la confianza que Connor había puesto en ella. Iba a hacerse digna de esa confianza.

Capítulo 16

EL chorro de agua caliente de la ducha azotaba el rostro de Connor que, con las manos apoyadas en la pared de mármol, intentaba apartar de sus pensamientos a la sexy ninfa que había dejado en la cama.

Eran las cinco de la mañana, demasiado temprano para despertarla con la clase de beso que tenía en mente. Tenía que dejarla descansar un poco, sobre todo después de que hubiesen vuelto a hacerlo a las dos de la madrugada.

Megan era increíble, como la química que había entre ellos. Desde la noche en que la había conocido había sabido que era lista. Lo había impresionado su habilidad para hablar de casi cualquier tema y dar siempre su perspectiva única y de encontrarle el toque humorístico a las cosas.

Pero ahora que estaba empezando a relajarse y tomarse aquel periodo de prueba de otra manera, ahora que estaba abriéndose a él, lo tenía completamente fascinado.

Y lo mejor de todo era que, como los dos querían lo mismo y no tenían fantasías románticas, podía disfrutar de cada momento sin preocuparse de que ella llegara a hacerse ilusiones equivocadas.

Ninguno de los dos quería otra cosa que no fuera lo que ya tenían. Bueno, eso no era cierto del todo; él quería más, quería que dejaran atrás ese periodo de prueba junto con las dudas que aún hacían vacilar a Megan.

Y quería tener hijos con ella. Por algún motivo lo excitaba tremendamente imaginarla embarazada de él.

De repente, sintió detrás de él como una brisa fresca que se abriera paso entre el vapor, y un instante después los esbeltos brazos de Megan le rodeaban la cintura, y sus senos, cálidos y con los pezones endurecidos, se aplastaban contra su espalda.

—Buenos días, señor Reed —murmuró, haciendo una pausa para darle un lametón en la espalda—. ¿Creías que ibas a marcharte sin mi beso de buenos días?

Connor se volvió y la asió por las nalgas, atrayéndola hacia sí. Estaba muy sexy con todo el pelo revuelto de acabar de levantarse, y su piel húmeda y desnuda era una tentación que no estaba seguro de poder resistir.

—Ni se me había pasado por la cabeza —respondió con voz ronca.

Bajó la cabeza para tomar su boca con un profundo beso con lengua, y de inmediato su cuerpo se puso rígido de deseo y todo pensamiento racional abandonó su mente, salvo todas las maneras creativas de hacer que gimiese su nombre durante los próximos sesenta minutos. El trabajo podía esperar.

—¿Acababais de conoceros? ¿Y ya supisteis que estabais hechos el uno para el otro? —exclamó encantada Georgette Houston, mirando con ojos brillantes a Megan y a Connor.

Habían pasado casi seis semanas de los tres meses de prueba y aquella era la primera vez que Megan acompañaba a Connor, que al día siguiente se iba a Ontario por trabajo, a una cena de negocios. Era una faceta de la vida de esposa que le esperaba si aceptaba seguir adelante con el matrimonio.

La pareja con la que habían salido a cenar, Larry y Georgette Houston, debían andar por los cincuenta y tantos, y por el trato que les estaban dando parecía que Connor y ella fuesen de su familia en vez de un socio de negocios y la mujer con la que acababa de casarse y a la que no conocían de nada.

Megan abrió la boca para responder a Georgette, pero Connor se le adelantó con una sonrisa traviesa en los labios.

—Ninguno de los dos habíamos ido a aquel casino buscando el amor ni nada parecido —dijo—, pero empezamos a hablar, y hablamos y hablamos... En fin, una cosa llevó a la otra y... aquí estamos —le pasó el brazo por los hombros a Megan con ese aire algo posesivo que hacía que se le llenara el estómago de mariposas—. Y, si no, que te lo diga Larry, Georgette: cuando se te presenta una oportunidad única no debes dejarla escapar. Por eso no perdí de vista a Megan esa noche hasta que me aseguré de que la tendría a mi lado durante el resto de mi vida.

Georgette se llevó una mano al pecho, suspiró, e hizo un comentario sobre lo romántica que era su historia.

Larry cruzó una mirada divertida con Connor, y le prometió que miraría esos números que Connor había quedado en enviarle al día siguiente.

La cena continuó durante un par de horas más, y la

conversación fue fluida y entretenida. A Megan le dio la impresión de que Connor respetaba profundamente a Larry Houston y disfrutaba de su compañía. Las risas que se oían en su mesa eran cálidas y sinceras, y al final de la velada sentía que había hecho dos nuevos amigos.

Unos amigos que esperaba conservar toda su vida, porque esperaba pasar el resto de su vida junto a Connor. Era lo que quería, ya no tenía dudas, y daba las gracias al destino por concederle una segunda oportunidad.

Dejar a un lado sus temores era una de las cosas más difíciles que había hecho jamás, pero al darse cuenta de en qué la estaban convirtiendo había decidido que al menos tenía que intentarlo.

Y, una vez que Connor le había hecho renunciar a intentar mantener el control sobre la situación, se había dado cuenta de que era agradable dejarse llevar y vivir el momento. Era algo que nunca antes se había permitido, y era casi adictivo. Se sentía... libre. Y segura. Era como si los cuentos de hadas fueran posibles y aquel fuese el suyo propio.

Mientras los hombres iban a recoger sus abrigos en el ropero, Georgette tomó las manos de Megan en las suyas y las apretó afectuosamente.

—No sabes lo contentos que nos sentimos de que Connor te haya encontrado. Tuvo una infancia difícil con ese padre suyo, y se ha ganado a pulso la felicidad que es evidente que los dos compartís.

—Gracias, Georgette.

La mujer sacudió la cabeza y exclamó con una sonrisa:

—¡Y pensar que por muy poco todo habría sido completamente distinto!

Megan ladeó la cabeza sin comprender. Había acordado con Connor que no le contarían a nadie la parte de su «historia de amor» en la que ella se había despertado sin recordar nada y había intentado marcharse, así que no sabía a qué podía referirse Georgette.

—¿Quieres decir porque podríamos no haber coincidido en Las Vegas? —aventuró.

La sonrisa de Georgette flaqueó, y giró la cabeza hacia donde estaba Connor con su marido antes de volver a mirarla. Sin embargo, fue solo un instante, porque de inmediato volvió a sonreír y contestó a Megan:

—Sí, por supuesto —le dio un abrazo y le dijo en un susurro—: Nunca lo había visto mirar a otra mujer como te mira a ti. Salta a la vista que eres especial para él —añadió antes de soltarle las manos.

«Eres especial para él»... Megan frunció ligeramente el ceño, confundida por aquel instante de vacilación de Georgette y esas palabras. No, se estaba volviendo paranoica. Estaba viendo fantasmas donde no los había. Las palabras de Georgette únicamente expresaban el cariño que sentía por Connor; quería verlo feliz. Por eso, le contestó con un sincero:

—Así es como me hace sentir él: especial.

En ese momento regresaron sus maridos. Larry ayudó a Georgette a ponerse el abrigo mientras Connor la ayudaba a ella con el suyo y se despidieron en la puerta del restaurante, intercambiando buenos deseos y la promesa de otra cena muy pronto.

La velada había tocado a su fin, pero, al mirar a Connor y ver la sonrisa seductora en sus labios, Megan supo que para ellos dos la noche no había hecho más que comenzar.

Con los ojos pegados a la pantalla del ordenador,

Megan intentó concentrarse en la última línea de código que estaba repasando. Sin embargo, algo se lo impedía. Necesitaba un descanso; y quizá algo de comida.

El ruido de monedas cayendo de una máquina tragaperras, su nuevo tono de móvil para los mensajes de Connor la hizo sonreír, y su cansancio se evaporó como por arte de magia. Tomó el móvil para leer el mensaje, recibido a las 23:37 según indicaba la pantalla: *¿Estás levantada?*

Excitada, contestó al momento, preguntándole cómo habían ido las reuniones que había tenido ese día. Lo había echado muchísimo de menos, y aunque se había dicho que debería refrenar ese sentimiento, no había podido evitarlo.

De pronto sonó el timbre de la puerta. ¿Habría vuelto antes de Ontario para darle una sorpresa?

Corrió escaleras abajo con la esperanza de encontrarlo esperando en el porche, pero cuando llegó al piso de abajo volvió a sonarle el teléfono, y apretó el botón para contestar la llamada al tiempo que abría la puerta.

—¡Oh, Dios mío! Eres genial, te adoro —murmuró dejando escapar una risa y conteniendo las lágrimas de la emoción.

El repartidor que estaba de pie en el porche asintió.

—Me lo dicen mucho a lo largo del día —respondió socarrón, tendiéndole una caja de pizza.

Divertido, Connor le preguntó a Megan al otro lado de la línea:

—¿Necesitáis un momento a solas o estás lista para disfrutar de la pizza que te he pedido? Dejándote sola estaba seguro de que no te prepararías nada para cenar.

Megan se rio.

—No te equivocabas.

Veinte minutos después, Megan se había terminado la pizza y estaba acurrucada en el sofá del salón hablando aún por el móvil con Connor mientras observaba las llamas de la chimenea. ¡Le gustaría tanto que estuviera allí con ella...!

—Me alegra que hayas llamado —le dijo.

—Me he acostumbrado a charlar contigo al final del día para contarnos cómo nos ha ido. Me gusta.

Megan cerró los ojos, concentrándose solo en la aterciopelada voz de Connor.

—Sí, a mí también.

Connor se quedó callado un momento.

—Bueno, y entonces... ¿cómo ves esto de estar casada conmigo? ¿Te estoy convenciendo?

Una sonrisa traviesa se dibujó en los labios de ella.

—Sí, Connor; estás demostrando ser un buen marido, procurándome comida aunque estés a kilómetros de distancia.

Connor se rio suavemente.

—No me refería a eso —le dijo fingiéndose molesto.

Megan se puso seria.

—Sí, Connor, creo que esto funciona, como dijiste que ocurriría —respondió—. De hecho, me parece que está siendo aún mejor de lo que habría podido imaginar.

Esperaba que él la picara, como había hecho ella con él hacía un instante, pero en vez de eso Connor inspiró profundamente y murmuró:

—A mí me pasa lo mismo.

Capítulo 17

TE lo digo yo, está hecho —Connor hizo girar su sillón hacia el ventanal de su despacho, que se asomaba al centro de la ciudad de San Diego.

—¿O sea que se ha acabado el periodo de prueba? —preguntó Jeff al otro lado de la línea—. ¿Vais a empezar con la producción de un Connor 2.0?

Connor asintió.

—Yo diría que un día de estos nos pondremos a ello.

¡Qué diablos!, probablemente esa misma noche a juzgar por el modo en que Megan lo había hecho volver a la cama esa mañana para hacerlo una vez más. Bueno, dos veces.

Suerte que ese día su primera reunión no había sido hasta las diez. Por nada del mundo habría rechazado las promesas de placer que había visto en los ojos traviesos de su esposa cuando, al ir hasta la cama para despedirse de ella con un beso, Megan lo había agarrado de la corbata y lo había hecho caer sobre ella.

O cuando, después de ducharse, al salir del baño se

encontró a Megan sentada en la cama; se había puesto la camisa de su traje, pero había abrochado solo dos botones, y su corbata colgaba con un nudo suelto entre el valle de sus senos.

Aquellos juegos suyos habían hecho que llegara una hora tarde al trabajo, pero no podía importarle menos, pensó con una sonrisa de satisfacción.

—¿Sabes?, desde hace un par de semanas, vaya donde vaya la esposa de alguien, siempre acaba mencionando que te has casado.

Connor entornó los ojos.

—¿Y qué tienen que decir?

—Bueno, salen las especulaciones que cabría esperar dadas las circunstancias: lo repentino que ha sido tu matrimonio con Megan cuando no hacía mucho que habías roto tu compromiso con Caro y esa clase de cosas. Pero la gente a la que le has presentado a Megan, como los Clausen, los Stalick, los Houston... van por ahí diciéndole a todo el mundo que están seguros de que para ti esta es la definitiva, que nunca te habían visto así.

—¿Así cómo?

—Por si no lo sabías, parece ser que estás enamorado. Dicen que salta a la vista; cada vez que alguien empieza a hablar de ello se me saltan las lágrimas —dijo Jeff con sorna.

Connor soltó una risa a pesar de que de repente se notaba la garganta seca.

—Has estado viendo *Armas de mujer* otra vez, ¿eh? —contestó siguiéndole la broma—. Mira, Jeff, no voy a negar que entre Megan y yo hay algo increíble, pero ninguno de los dos nos engañamos creyendo que es amor. Los demás que piensen lo que quieran.

—Lo entiendo. Solo sentía curiosidad por saber si había cambiado algo. Megan...

—Por supuesto que no ha cambiado nada —respondió Connor con firmeza—. Megan y yo tenemos un trato y el amor no es parte de él. Además, me aseguré de antemano de que Megan estaba de acuerdo. Lo último que querría es que ella sufriera —dijo. Y luego, para quitar un poco de tensión, añadió en un tono jocoso—: Así que ya sabes, búscate una esposa y deja de preocuparte con la mía.

Jeff se quedó callado un momento y respondió con seriedad:

—De acuerdo, capto la indirecta, pero ¿quién dice que es tu esposa quien me preocupa?

Después de otra noche en una más de las fiestas benéficas a los que acompañaba a Connor, ya de vuelta en casa, Megan estaba frente al espejo de su vestidor, intentando desabrochar el enganche del collar de zafiros que Connor le había regalado para la ocasión.

Cuando este apareció detrás de ella y le dijo que permitiese que la ayudara, dejó caer las manos. Sin embargo, en vez de desabrocharle el collar, Connor le bajó lentamente la cremallera que tenía el vestido en la espalda.

—He estado pensando... en nuestra luna de miel —murmuró, besándole un hombro desnudo y luego el otro.

—¿Nuestra luna de miel? —repitió ella.

Trató de centrarse en la conversación, pero le resultaba difícil con lo que estaba haciendo Connor, cuyas manos se habían colado en el vestido por la abertura de la espalda, y estaban deslizándose por su cintura hacia sus caderas. No permanecieron allí mucho tiempo antes de dirigirse al estómago, y después subieron para cerrarse sobre sus pechos.

—Estaba pensando que deberíamos hacer un viaje,

tener una luna de miel de verdad —Connor la besó detrás de la oreja—. No recuerdas nuestra boda, así que al menos me gustaría darte una luna de miel que puedas recordar.

Un recuerdo que atesorar, pensó Megan, y sintió una punzada de emoción en el pecho, la clase de emoción que había creído que nunca volvería a experimentar. Notó que se le humedecían los ojos, pero se apresuró a parpadear para contenerlas. Se giró hacia Connor, tomó su rostro entre ambas manos, y mientras lo besaba sintió cómo su vestido caía al suelo.

Las manos de él descendieron a sus nalgas, y la levantó del suelo, atrayéndola hacia sí. Megan le rodeó la cintura con las piernas y Connor la llevó al dormitorio, atormentándola con besos en el pecho y en el cuello, y haciéndole promesas con la lengua que pronto cumpliría con su cuerpo.

¿Cómo podía haber vivido sin él todo ese tiempo? Megan se sintió muy afortunada al pensar que iba a pasar el resto de su vida a su lado. Porque Connor no iba a dejarla como habían hecho Barry o Pete, no iba a cambiar de opinión. Le había demostrado que era un hombre en cuya palabra se podía confiar.

—No necesito una luna de miel —le dijo en un susurro, peinándole el cabello con los dedos.

—Pues claro que sí —replicó él antes de dejarla en el suelo, junto a la cama—. Tahití..., Venecia..., las Cataratas del Niágara... —murmuró mientras se agachaba, imprimiendo besos en el cuerpo de Megan. Al llegar al ombligo lo acarició con la lengua—. ¿Dónde te gustaría ir? —le bajó las braguitas y se las sacó por los pies.

Cuando Megan se tumbó en la cama, esperando que se uniese a ella, el brillo juguetón en los ojos de Connor fue reemplazado por una mirada hambrienta.

Megan estaba desnuda por completo, salvo por el exquisito collar de zafiros y los zapatos de tacón. Dejándose llevar por un impulso perverso se incorporó apoyándose en los codos y frotó una rodilla contra la otra, observándolo mientras se desabrochaba la camisa.

Iba por el cuarto botón cuando Megan alargó la pierna y metió la puntera del zapato por debajo del cinturón de Connor para tirar de él.

Los ojos de Connor se oscurecieron de deseo y descendieron a su boca cuando Megan se mordió el labio inferior.

—Eres la fantasía de cualquier hombre —murmuró él.

Y se desabrochó el resto de los botones a una velocidad de vértigo antes de arrancarse la camisa y el cinturón y subirse a la cama con ella.

Si hubiera sido capaz de tener un poco más de paciencia, se habría quitado los condenados pantalones antes de subirse encima de Megan. Y lo habría hecho si no hubiera sido por ese numerito suyo del cinturón y el zapato y lo de morderse el labio. Lo había puesto a cien y necesitaba hacerla suya. Ya. Necesitaba sentir esos increíbles tacones en la espalda y sus suaves piernas rodeándole las caderas. Necesitaba el húmedo santuario de su boca y sentir los dedos de Megan enredados en su cabello.

La asió por las nalgas y la atrajo hacia sí, al tiempo que empujaba las caderas, torturándose con la barrera de las dos capas de ropa que aún quedaban entre ellos porque era incapaz de apartarse de ella.

Las manos de Megan se abrieron paso entre ambos para bajarle la cremallera, y con una expresión de concentración absoluta, enganchó los tacones en la cinturilla de los pantalones y los boxers y los empujó hacia abajo.

Cuando se los hubo bajado todo lo que podía, Connor se liberó de ellos y le dijo:

—Eso ha sido impresionante.

La sonrisa de Megan no tenía precio; parecía que hubiese hecho una proeza.

—Es que tengo habilidades ninja —contestó ella con una mirada sugerente.

Connor se rio.

—Ya lo veo, ya.

Se puso de rodillas y se inclinó hacia la mesita de noche para abrir el cajón, pero la mano de Megan lo detuvo.

—Necesitamos un preservativo, cariño —dijo él bajando la vista hacia ella.

—No, espera, Connor —le pidió ella poniéndole la mano en el pecho—. No quiero que uses preservativo, no quiero que haya nada entre nosotros —tragó saliva e inspiró lentamente—. No necesito más tiempo para decidir. Sé que esto es lo que quiero.

Connor parpadeó. No podía creerse que hubiera llegado el momento que tanto había estado esperando. Megan era suya... Al fin. ¿Pero estaba... estaba llorando?

La satisfacción que lo había inundado se desvaneció al ver las lágrimas en sus ojos, en esos preciosos ojos que estaban mirándolo con...

—Megan... —murmuró aturdido, y maldijo entre dientes y cerró los ojos cuando sintió a Megan tensarse debajo de él.

No... No, aquello no era amor. Ella misma le había dicho que no quería una relación con amor de por medio. Ninguno de los dos quería eso.

No, lo que estaba viendo en sus ojos era afecto, el afecto que había estado esforzándose por conseguir. Lo que ocurría era que, verlo así, de repente, con Megan ofreciéndole justo lo que había estado esperando, dándole acceso a su cuerpo sin ningún tipo de protección... Era demasiado.

Se suponía que no debía mirarlo de ese modo, como si le estuviese confiando un pedazo de su alma. No podía permitir que se expusiera de esa manera, volviéndose vulnerable.

—Creía que querías esto —murmuró Megan.

La duda, el dolor y la confusión habían reemplazado la inmensa dicha que había reflejado su rostro hacía un momento.

—Y lo quiero. Sabes que sí. Es solo que... —Connor no podía creer que fuera a decirle lo que iba a decirle, pero no le quedaba otra salida. Se rio aunque no tenía el menor deseo de reír, y le dio un beso en la mejilla—. Has estado bebiendo champán esta noche, y después de lo que ocurrió en nuestra noche de bodas... bueno, creo que las decisiones importantes deberíamos tomarlas a la hora del desayuno, con un café y unas tostadas.

—Pero...

—Shh... —Connor le impuso silencio colocando un dedo sobre sus labios, y abrió el cajón para sacar un preservativo.

Momentos después estaba dentro del cuerpo de Megan, haciéndole el amor con pasión para intentar hacerles olvidar a ambos las barreras físicas y emocionales que acababa de poner entre ellos.

Capítulo 18

MEGAN no había conseguido pegar ojo en toda la noche. Le había ofrecido a Connor lo que le había estado pidiendo, lo que había dicho que quería. Se había ofrecido a él, le había ofrecido un futuro juntos... y él la había rechazado.

No, no la había rechazado. Esa era la conclusión a la que había llegado después de todas esas horas en vela. Lo había hecho para protegerla.

Connor sentía que le había fallado la noche en que se habían casado, y no quería arriesgarse a dejar que tomara una decisión tan monumental como aquella si había la más mínima posibilidad de que pudiera no estar pensando con claridad.

No, no la había rechazado. Aquello no era algo malo, era algo bueno, y probaba una vez más que podía contar con el hombre con el que se había casado.

Una sonrisa afloró a sus labios cuando lo oyó bajar por las escaleras. Miró su reflejo en la puerta del microondas, metió un mechón tras la oreja y se pasó las manos por el estómago en un intento desesperado por calmar los nervios que lo atenazaban.

Tomó la jarra del café y sirvió un par de tazas. Un segundo después Connor entraba en la cocina, vestido como un dandi y perfectamente peinado. Le dirigió una sonrisa y tomó una de las tostadas con mantequilla que le había puesto en un plato.

—No sabes cómo te lo agradezco —le dijo antes de darle un mordisco a la tostada—. Voy tarde.

Antes de que Megan pudiera siquiera abrir la boca ya le había dado un beso en la mejilla y se había bebido media taza de café.

Llevándosela con él, se detuvo en la puerta y miró la cafetera en la mano de Megan y la tostada mordisqueada en la suya.

Luego la miró a los ojos y ella supo que se había dado cuenta de su falta de delicadeza. Una sensación cálida disipó el aturdimiento de Megan.

—Café y tostadas —le dijo con una sonrisa.

Connor dejó la taza en la encimera y le dijo muy serio:

—Megan, respecto a lo de anoche... quiero que sepas que me alegro de que te sientas preparada para comprometerte con lo nuestro. Anoche me preguntaste si no era lo que yo quería, y sí que lo es. Me siento muy halagado de que confíes en mí.

Sin embargo, algo en la expresión de su rostro le decía que no estaba siendo sincero y su tono sonaba tenso. A Megan el estómago le dio un vuelco.

—No comprendo... —murmuró con voz quebrada y suplicante antes de poder refrenar sus palabras, proteger su orgullo—. A pesar de tus palabras parece como si me estuvieses diciendo todo lo contrario, como si no te alegrases de verdad.

Como si los temores y las preocupaciones que no le

habían dejado conciliar el sueño la noche pasada estuviesen más justificados de lo que se había permitido creer.

Connor dejó la tostada junto a la taza para ir junto a ella y le puso las manos en los hombros.

—Sí que me alegro, pero es que cuanto más lo pienso, más importante me parece que esperes a que acaben los tres meses de prueba para tomar una decisión.

Ella escrutó sus ojos, negándose a derramar las lágrimas que inundaban los suyos.

—¿Por qué? Antes estabas tan seguro... No tenías ni una sola duda.

—Por mi parte no tengo ninguna, Megan, pero en lo que respecta a ti... Mira, sé lo bien que encajarías en mi vida, pero no estoy seguro del todo de que hayas tenido aún suficiente tiempo para ver si yo encajaría en la tuya.

Megan sacudió la cabeza.

—¿Cómo puedes decir eso? Ya han pasado dos meses desde que...

—El primero no cuenta. Tómate dos más. Asegúrate de que esto es lo que quieres —la besó en la frente y dejó caer las manos antes de cambiar de tema, como si hubiesen estado hablando del tiempo—. Hoy tengo una reunión que seguramente se alargará hasta tarde, y mañana a primera hora tengo otra, así que no me esperes levantada. Probablemente me quede frito en mi despacho.

Y, dicho eso, se marchó.

Sentado en su despacho, Connor apretó los puños sobre la mesa cuando el recuerdo de la mirada dolida de Megan volvió a aflorar a su mente.

¿Se podía ser más estúpido?, se reprendió irritado. Tan empeñado había estado en convencer a Megan de que aquel matrimonio no era un error, en hacerle ver que era el hombre que necesitaba a su lado, que se había convertido en un hombre que no era.

Y en esas lágrimas, en esa emoción que habían desbordado sus ojos, estaba la prueba de que aquello se le había ido de las manos, que había ido demasiado lejos cortejándola.

Llamaron a la puerta, y su secretaria asomó la cabeza.

—Perdona, Connor, pero la videoconferencia con Zúrich está programada para dentro de cinco minutos. ¿Necesitas que les envíe esos archivos o...?

Dejó la pregunta en el aire en vez de decir lo que los dos sabían: se suponía que debía haberle pasado esos archivos, y le había prometido hacía media hora que se los iba a pasar, pero todavía no había acabado de repasarlos.

¡Por amor de Dios!, ¿qué le estaba pasando? Tenía que mantener la cabeza fría, tenía que poner las cosas en perspectiva. Y tenía que asegurarse de que aquello no se desmoronase. Tenía confianza en que Megan podía ver las cosas desde un punto de vista racional, en que se daría cuenta de que el plan que él le había propuesto era mejor que el suyo de ser madre soltera.

Pero lo primero era lo primero: el trabajo. Para él el trabajo siempre había sido lo primero, y lo sería siempre.

—Ponte en contacto con ellos y diles que necesito que lo retrasemos media hora, Stella —le dijo a su secretaria—. Dentro de veinte minutos te paso esos archivos. Y perdona por las molestias.

Esa noche, cuando Megan oyó abrirse y cerrarse la puerta de la entrada, el corazón le palpitó con fuerza.

Connor le había dicho que probablemente no iría a casa a dormir, pero una parte de ella había estado esperando que al final sí lo hiciera.

Llevaba toda la tarde intentando no pensar en todas las noches en vela que había pasado de niña, atenta a cada pequeño ruido, aguardando el regreso de Pete, ese regreso que nunca sucedió. A pesar del repentino cambio de actitud de Connor se repetía que no era lo mismo, que sí iba a volver.

No iba a alejarse de ella, no iba a dejarla. Y su reacción no había sido una puñalada por la espalda, que era la sensación que había tenido con Pete y otros de sus padrastros. Se había quedado aturdida porque no se lo esperaba, pero no la había destrozado.

Además, Connor lo había hecho porque se preocupaba por ella. Quería que se tomara más tiempo para que no tuviera las mismas dudas que había tenido durante el primer mes.

Y ya estaba en casa. Lo oyó colgar el abrigo en el armario y soltar las llaves en la mesita del vestíbulo antes de que pasara al salón y la saludara como hacía cada noche:

—Hola, señora Reed.

Una ola de alivio la invadió cuando se levantó del sofá y fue junto a él para ofrecerle el beso de bienvenida que se había convertido en parte de su rutina casi desde el primer día. Estaba todo bien, nada había cambiado.

En ese momento no quería otra cosa más que hundir el rostro en la camisa de Connor y dejar salir las emociones que amenazaban con ahogarla. Quería sentir sus brazos en torno a sí, que le susurrara palabras de consuelo al oído, diciéndole que todo iba a ir bien. Quería que acallara con razonamientos sensatos las inseguridades que la habían atormentado desde que había salido por la puerta esa mañana.

Sin embargo, se dijo, tenía que ser fuerte, no quería que la inseguridad fuera parte de esa vida que se suponía que estaban construyendo. Por eso, en vez de buscar el consuelo que ansiaba de Connor, se dio por satisfecha con la sonrisa campechana que afloró a sus labios. Le preguntó cómo le había ido el día, y durante unos minutos estuvieron hablando de su trabajo y de cosas triviales.

Luego Connor se agachó para abrir su maletín, que había dejado en el suelo, y sacó de él una carpeta.

—¿Tienes tiempo para hablar del viaje de luna de miel? —le preguntó incorporándose y yendo hacia el sofá con la carpeta.

Una risa de alivio escapó de la garganta de Megan. Connor quería hablar del viaje, pensó eufórica mientras lo seguía. Nada había cambiado, era ella quien se estaba preocupando sin necesidad.

Cuando se hubieron sentado en el sofá él abrió la carpeta y sacó unos cuantos folletos de viajes.

—Vaya, veo que tienes unas cuantas ideas —observó Megan divertida.

Sin embargo, cuando vio las portadas de los folletos frunció el ceño: Zúrich, Múnich, Taiwán... El estómago le dio un vuelco al darse cuenta de lo que implicaban esos lugares.

—No eres muy de playa, ¿eh? —comentó aturdida.

Connor se encogió de hombros.

—La playa me gusta, pero he pensado que tiene más sentido matar dos pájaros de un tiro.

¿Matar dos pájaros...? Megan volvió a bajar la vista a los folletos.

—Tengo que ir a estas ciudades por trabajo el mes que viene —le explicó él—. Eh... —añadió acariciándole el hombro al verle la cara—, ya sé que hablamos de convertir nuestra luna de miel en una especie de fantasía romántica, pero después de la reunión que tuve ayer me he dado cuenta de que tengo que bajar de las nubes y volver a la realidad. Me apetece mucho hacer ese viaje contigo, pero siendo prácticos estarás de acuerdo conmigo en que lo que te estoy proponiendo es lo más conveniente. Y, cuando yo esté en una reunión de trabajo, tú puedes aprovechar y hacer un poco de turismo o ir de compras.

La ira estaba empezando a reemplazar el aturdimiento de Megan. ¿Qué diablos...? Había sido él quien había sugerido lo de la luna de miel, lo de los destinos románticos. Pero por supuesto eso había sido antes de que ella se ofreciera a él en bandeja de plata. Megan se quedó mirando a Connor, que tenía una expresión indulgente y una sonrisa en los labios, y por primera vez tuvo la sensación de que era un extraño.

¿Bajar de las nubes y volver a la realidad? ¿A qué había venido eso? ¿Era una especie de advertencia antes de que se comprometiera con su matrimonio? ¿Era la manera de Connor de asegurarse de que comprendiera que su vida juntos no iba a ser siempre champán y rosas?

—Claro que, si tantas ganas tienes de ir a la playa, podrías hacer un viaje a Hawái, o algún spa. Podrías llevarte a una amiga contigo —añadió él.

Megan levantó una mano para interrumpirlo.

—Lo he entendido, Connor.

La luna de miel se había acabado, y tenía la sensación de que estaba a punto de ver un lado de su esposo que no le había mostrado antes.

Capítulo 19

ENFUNDADA en otro vestido de fiesta, Megan tenía la cabeza girada hacia la ventanilla de la limusina, y observaba sin interés las calles iluminadas de la ciudad por las que pasaban. Miró a Connor, que iba sentado frente a ella repasando unos papeles de trabajo que habían recogido en su oficina hacía unos minutos y hablando con uno de los directivos de su compañía.

Al llegar a casa la había saludado con un beso, aunque algo casto, había elogiado su peinado y lo bien que le sentaba el vestido y le había preguntado por su día, pero nada de todo aquello le había parecido real.

La conexión que había habido entre ellos desde el principio, ese algo invisible que podía palparse en el aire, en cada frase, en cada sonrisa, en cada mirada, se había evaporado desde la noche en que le había ofrecido en bandeja lo que quería.

¿Era ese el tipo de matrimonio que él le había propuesto desde el principio? El romanticismo, las risas, la complicidad entre ellos... ¿Podía ser que todo eso no hubiese sido más que el cebo que le había puesto para que picara el anzuelo, de asegurarse su interés y su afecto para que considerara su propuesta?

No podía creerlo, no podía comprender por qué se habría esforzado tanto para tentarla con algo que no podría tener. A menos que fuese una especia de prueba, que quisiera asegurarse de que entendía exactamente aquello a lo que iba a renunciar.

No, no podía ser tan cruel. Lo conocía y sabía que nunca haría intencionadamente algo que pudiera herirla de ese modo. Además, la conexión que había entre ellos... no podía haber fingido eso. ¿Qué estaba pasando allí? Quizá se estuviese sintiendo abrumado. Quizá necesitase tiempo.

O quizá estaba engañándose a sí misma como una tonta. Pero le había dicho a Connor que por él estaba dispuesta a arriesgarse, y después de lo que habían vivido juntos en esos dos meses, aún creía que merecía la pena correr ese riesgo.

Giró de nuevo la cabeza hacia la ventanilla, parpadeando para contener las lágrimas que habían acudido a sus ojos. Todo iba a salir bien, se dijo, estaba segura. Ya se sentía un poco mejor.

Momentos después la limusina se detenía frente al hotel donde se celebraba la fiesta a la que iban. Connor dejó a un lado los documentos y le dijo a su interlocutor:

—Ya hemos llegado, así que el resto tendrá que esperar. Si te parece, podríamos reunirnos esta noche para hablarlo... Sí, aunque acabemos de madrugada; es importante.

Le lanzó una mirada a Megan, para ver como se tomaría que fuese a tener una reunión de trabajo a esas horas intempestivas.

Ella esbozó una sonrisa comprensiva, sacó de su bolso de mano un espejito y se puso a comprobar su aspecto como si no le molestase en absoluto.

Connor, que se había quedado mirándola, carraspeó y dijo por el móvil:

—Sí, perdona, sigo aquí. De acuerdo, pues quedamos esta noche entonces. Hasta luego.

Megan volvió a guardar el espejito y le sonrió de nuevo, ignorando su ceño fruncido y sus ojos entornados. ¿Tal vez estaba notando algo distinto en ella?

Tenía que ser eso. Y lo que demostraba era que no se había equivocado respecto a esa conexión que había entre ambos. Los dos intuían cuando al otro le pasaba algo. Sí, todo iba a salir bien, se repitió una vez más.

Cuando la limusina se detuvo, el conductor les abrió la puerta. Connor se bajó y le tendió una mano para ayudarla.

—¿Lista? —le preguntó.

Megan, sintiendo que volvía a tener confianza en sí misma, contestó con firmeza:

—Lista.

Megan era perfecta. Connor no dejaba de maravillarse de hasta qué punto Megan encajaba en su vida. A los cinco minutos de su llegada ya tenía a toda la mesa comiendo de su mano. Nadie escapaba al hechizo de su sonrisa y su facilidad para conversar sobre cualquier tema. Era asombrosa.

Le había preocupado haberlo echado todo a perder al dejar que las emociones se desbordaran, y había temido que no hubiese vuelta atrás pero, tras unos días de convivencia más ajustada a como se suponía que debería haber sido desde el principio, parecía que Megan había comprendido. Esa noche, en la limusina, lo había visto en sus ojos.

Se había sentido sorprendido, pero también inmensamente aliviado porque no quería renunciar a ella. No quería perderla. Ahora lo que hacía falta era que mantuviese la cabeza fría para no estropearlo.

Después de la cena habían pasado a uno de los salones de baile, donde algunos invitados bailaban y otros charlaban con una copa en la mano.

El grupo en el que había dejado a Megan estalló de pronto en risas, y la de ella, más dulce y musical, destacaba por encima del resto. Dios, era preciosa.

—De modo que es cierto.

Connor giró la cabeza al oír aquella voz femenina tan familiar. A pesar de la acusación velada que contenían las palabras, por el tono, deliberadamente educado, cualquiera habría creído que le estaba preguntando por la salud de una anciana tía abuela.

¡Caro! Habría querido girar la cabeza para ver si Megan podía verlos desde donde estaba, pero se contuvo. En cualquier caso, llamaría menos su atención si simplemente tenía una conversación educada con Caro y luego iba a recoger a Megan y la sacaba de allí. Eso era lo que iba a hacer.

Megan sabía que antes de conocerla había estado comprometido con Caro y sabía que su ruptura había sido reciente, pero no conocía los detalles. O más bien no los recordaba, porque se los había contado la noche en que se habían casado en Las Vegas. Había tenido intención de volver a explicárselo, pero había estado esforzándose tanto para que le diera una oportunidad que no había querido echarlo todo a perder con algo que ya era agua pasada. Además, no le había parecido que hubiera ninguna prisa por hablar de ello. Claro que eso había sido porque no había esperado que fuera a toparse de improviso con Caro. Pero allí estaba, a un par de pasos de él, mirándolo con una sonrisa ensayada en los labios que no dejaba entrever lo que en realidad debía de estar pensando en ese momento.

—Caro... No sabía que habías vuelto a San Diego. ¿Cómo estás?

—¿Que cómo estoy, Connor? —repitió ella en un tono frío, sin perder la sonrisa—. Quizá debería decirte mejor cómo me siento: humillada.

Connor sintió una punzada de culpabilidad. Debería haberla llamado, debería haberle dado él la noticia de que se había casado.

—Pues no deberías sentirte así —le dijo, y para intentar quitarle hierro al asunto, añadió—: Vamos, todo el mundo sabe que fuiste tú quien me dejaste. Fuiste tú quien rompió nuestra relación y...

—Nuestro compromiso. Ibas a casarte conmigo.

Connor empezaba a notarse los hombros y la espalda agarrotados por la tensión.

—Es verdad, nuestro compromiso —concedió unánime.

A pesar de que no habían subido la voz, sabía que acabarían atrayendo las miradas de las personas que tenían más cerca. Al girar la cabeza, vio aliviado que Megan se había unido a otro grupo de personas que estaba un poco más alejado.

Acabaría cuanto antes con aquella conversación y se marcharían. Con Caro de vuelta en la ciudad tenía que contárselo todo cuanto antes. Seguramente no le haría gracia saber el poco tiempo que había pasado entre su ruptura con Caro y su boda con ella en Las Vegas, pero la primera noche lo había comprendido. Tenía que confiar en que cuando se lo explicase de nuevo también lo entendería.

La voz de Caro adquirió un tono áspero que no le

había oído nunca, y eso atrajo aún más la atención de quienes los rodeaban.

—¿Cómo has podido hacerme esto?

—No fue mi intención hacerte daño —se disculpó Connor con sinceridad, mirándola a los ojos—. Nuestra relación terminó y tú te marchaste, volviste al este y...

—Porque quería algo más de ti. Quería que te dieras cuenta de lo que teníamos, de lo que ibas a perder dejándome marchar. Te he estado esperando... —la voz de Caro se quebró, y los ojos se le llenaron de lágrimas.

—Dijiste que querías algo que no había en nuestra relación, nunca me diste a entender que...

—Creí que te darías cuenta sin que tuviera que decirte nada. Creía que, si te daba tiempo, comprenderías por qué quería algo más que un matrimonio de conveniencia. Pensaba que irías a buscarme.

Aquello no podía estar pasando. Caro no podía estar en medio de aquel salón lleno de gente con las lágrimas corriéndole por las mejillas. La misma Caro a la que nunca había visto perder la compostura, o alzar la voz, que siempre le había recordado a una figurilla de porcelana de rostro inescrutable.

No quería causarle dolor, nunca lo había querido.

—Caro, cuando conocí a Megan...

—¿Te enamoraste de ella? —lo cortó ella acusadora—. No, supongo que no —se respondió a sí misma sin darle tiempo a contestar—. Supongo que no es más que otra chica con las cualidades adecuadas, que cayó en tus redes solo trece días después de que me propusieras ir a Bali de luna de miel. Demasiado conveniente como para dejarlo pasar; seguro que te pareció una oportunidad que no podías desaprovechar —añadió—. Sabía que eras frío, Connor, pero incluso viniendo de alguien como tú esto es despreciable. ¿Lo sabe ella? No, me imagino que no, teniendo en cuenta la prisa que te diste en casarte con ella. Pero no tardará mucho en ver más allá de tu sonrisa y de tu encanto personal, de tus atenciones... No tardará en darse cuenta de que eres capaz de dar y retirar tu afecto con la facilidad con que se acciona un interruptor, que te alejarás sin mirar atrás. O quizá no le importe, quizá lo único que haya visto en ti sea un envoltorio atractivo y el tamaño de tu chequera.

La ira de Connor se mezcló con el sentimiento de culpa. Sabía que le había hecho daño a Caroline, y lo sentía. Si los dardos que estaba lanzando fueran dirigidos solo a él, no le habría molestado, pero que se metiera con Megan...

—Caro... —le advirtió bajando la voz e inclinándose hacia ella—. No hagas esto; la gente está mirándonos.

Ella miró a su alrededor, se irguió y volvió a mirar a Connor con un brillo de amarga satisfacción en los ojos.

—Sí, nos están mirando.

Y entonces, de repente, Connor lo supo. Apartó la vista de Caro y vio que Megan estaba a un par de metros escasos, mirándolos paralizada.

—Megan... —le dijo dando un paso hacia ella—. Vamos a por nuestros abrigos.

Siguió avanzando, pero Caroline, detrás de él, no había acabado todavía. Levantando la voz por encima de los murmullos de la gente, le dijo:

—Iba a darle a tu esposa el consejo que desearía que alguien me hubiese dado a mí: que no se enamore de ti. Pero a juzgar por su cara parece que ya es demasiado tarde.

Connor se paró en seco y se volvió.

—Ya basta, Caro.

Cuando se giró de nuevo hacia Megan, vio que había abierto la boca, como para decir algo, pero al cabo de un instante sacudió la cabeza y esbozó una sonrisa de impotencia.

Connor le puso una mano en la espalda y la atrajo hacia sí para protegerla de las miradas curiosas.

—Vamos, hablaremos de esto en casa —le dijo.

Capítulo 20

MEGAN pasó al salón con paso torpe y aturdido. Su mente era un torbellino de pensamientos fragmentados y confusos.

Oyó a Connor cerrar la puerta y soltar las llaves en la mesita del vestíbulo. Megan dejó su chal sobre el respaldo del sofá y se quedó mirando las puertas acristaladas a través de las cuales se veía la playa, con el océano como un manto negro bajo el cielo estrellado, y deseó poder estar en cualquier otro lugar en ese momento. En el reflejo de las puertas vio a Connor acercarse y quedarse a un par de pasos detrás de ella.

—Ya sé... —comenzó a decir. Se frotó la cara con una mano—. Ya sé que no estabas... preparada para eso.

Megan sacudió la cabeza. No, en lo más mínimo.

—Me siento como una idiota —admitió, pensando que al menos uno de ellos debería ser sincero.

Connor acortó la distancia entre ellos y la rodeó con los brazos desde atrás, atrayéndola hacia sí.

—Pues no tienes por qué. Todavía no puedo creer que Caroline... Dios, Megan, tienes que entenderme: jamás esperé que pudiera hacer algo así. Si lo hubiera imaginado siquiera...

—¿Qué? —le espetó ella, apartándose de él para girarse y mirarlo a la cara—. ¿Te habrías molestado en decirme la verdad, en contarme los detalles que habías omitido para que al menos estuviera preparada?

Las facciones de Connor se endurecieron.

—No te mentí.

—¡Por favor! ¿Trece días? ¿Y qué hay de aquello que me dijiste de que queríais cosas distintas, de que os disteis cuenta de que no estabais hechos el uno para el otro? Hiciste que pareciera que ella perdió el interés en ti cuando de hecho fue justo al contrario: ¡se había enamorado de ti!

—Yo no lo sabía. Maldita sea, ella me dijo que...

—¡Olvida lo que te dijo, Connor! Con solo mirarla cualquiera podía ver lo que sentía. Igual que, según parece, ocurre conmigo. Ella desde luego lo supo con solo mirarme.

Connor sacudió la cabeza lentamente.

—Megan, no...

—Relájate, Connor. Me doy cuenta cuando he cometido un error.

—Megan...

Connor se pasó una mano por el cabello, lleno de frustración. ¿Qué podía decir? De pronto recordó la expresión de Megan esa noche en la limusina, cuando había dicho que esa noche iba a tener una reunión de trabajo. Había sonreído, como tratando de mantener la compostura, de parecer calmada, pero había visto el dolor en sus ojos.

No era difícil enlazarlo con sus ojos llorosos la noche en que se había ofrecido a él, diciéndole que ya no necesitaba más tiempo. Se había enamorado de él. Eso precisamente era lo que había pretendido evitar, esos sentimentalismos que no hacían más que complicar las cosas.

—Lo mío con Caroline había terminado antes incluso de que tú y yo nos conociéramos.

—Sí, trece días antes.

—¿Y qué más habría dado si hubiesen sido trece horas? —replicó él—. Nuestro matrimonio fue un acuerdo entre dos personas que buscaban lo mismo, no hablamos de amor. En ningún momento te he mentido ni te he ocultado nada que fuera importante.

—No, es verdad, fui yo la que no fui sincera.

—¿De qué diablos estás hablando? —la increpó él irritado.

—No te preocupes, Connor, la única persona a la que engañé fue a mí misma.

Debería haberla dejado marchar, pero cuando se dio la vuelta para salir del salón no pudo contenerse y la retuvo, asiéndola del brazo.

—Esto no cambia nada, Megan. Las razones por las que apostamos por este matrimonio siguen siendo válidas.

Megan bajó la vista a la mano en su brazo antes de volver a mirarlo a los ojos y espetarle:

—¿Te has parado a pensar, Connor, en que con tu obsesión por demostrarme que nuestro matrimonio podría funcionar, no te has planteado siquiera las razones por las que podría no funcionar?

—No —contestó él con una brusquedad que no pretendía—. Megan, sé que estás enfadada —le dijo en un tono más conciliador—. Dolida. Abochornada. Lo entiendo. Pero eres demasiado lista como para dejar que una noche dicte tu futuro.

—Tienes razón. Jamás dejaría que un momento de

bochorno echase a perder algo auténtico. Pero no estamos hablando de un solo momento, ni estamos hablando de algo auténtico.

Connor se puso tenso y dio un paso atrás.

—Dilo. Di lo que tengas que decir.

Solo entonces podría contraargumentar para que se diese cuenta de que estaba equivocada. No iba a dejar que aquello se desmoronase.

Megan irguió los hombros.

—No puedo ser la esposa que quieres.

Demasiado tarde.

—Ya lo eres.

—Entonces quizá no sea yo el problema; quizá el problema seas tú. Quizá no seas el marido que quiero.

Connor soltó su brazo y dejó caer la mano, repentinamente desarmado de los argumentos que había estado dispuesto a lanzarle.

Eran perfectos el uno para el otro, eran el matrimonio perfecto... El problema era esa condenada emoción que lo enturbiaba todo. Lo que necesitaban era tomar un poco de distancia, recobrar la perspectiva.

—No dejes que un arrebato dicte tus actos, Megan. Necesitas un poco de espacio. ¿Sabes qué vamos a hacer? Meteré una muda de ropa y unas cuantas cosas en una bolsa de viaje y me iré a la oficina. Esta noche de todos modos tengo esa reunión, así que me quedaré a dormir en mi despacho y tú estarás a solas para poder pensar. Y mañana hablaremos.

Megan se quedó callada, la desolación palpable en sus ojos, pero finalmente asintió.

Un hombre capaz de dar y retirar tu afecto con la facilidad con que se acciona un interruptor... Un hombre capaz de alejarse sin mirar atrás... Un hombre capaz de dejar a una mujer, y después de solo unos días casarse con otra.

Era justo la clase de hombre que se había jurado que evitaría como la peste, se dijo Megan. Era como si su subconsciente estuviese programado para buscar precisamente a un hombre así y por eso se había casado con él a las pocas horas de conocerlo.

Todos los signos habían estado ahí, pero los había ignorado. Signos por todas partes, carteles enormes de advertencia con las letras en rojo. Acudió a su mente el recuerdo de la primera cena con Georgette y su marido, ese momento incómodo en que el silencio de ella prácticamente le había gritado que había algo más, algo que no sabía. Sin embargo, en vez de escuchar a su instinto, había desechado esa preocupación.

Y lo había hecho porque no quería comportarse como una paranoica. ¡Ja! Lo que no había querido era enfrentarse a la verdad.

Irritada consigo misma, cerró la caja de cartón que había estado llenando de cosas, y aseguró las solapas con un trozo de cinta adhesiva. Luego, con un rotulador, escribió en la parte de arriba de la caja la dirección de su apartamento en Denver.

Puso la caja encima de otras dos y paseó la vista a su alrededor, mirando la casa que había creído que era su hogar. Se había pasado la noche desmenuzando en su mente la vida que había comenzado a construir allí, dividiendo sus pertenencias en dos categorías: su vida, y su vida con Connor.

Solo se quedaría con las que pertenecían a la primera. Y de esas solo podría meter unas pocas en la maleta; iba a tomar un vuelo en un par de horas, se volvía a Denver. En cuanto al resto... llamaría a Connor cuando ya estuviese allí para que se las mandase.

Aunque en ese momento no quería volver a saber

de él ni a hablar con él, sabía que no podía marcharse y borrarlo de su vida de un plumazo. Al fin y al cabo estaban casados, y era un matrimonio legal. Tendrían que hablar, arreglar los papeles del divorcio. Pero no sería allí, ni ese día.

Sintió una punzada de culpabilidad al pensar que cuando Connor volviese se encontraría con que se había marchado. Se pondría furioso. Se sentiría traicionado. Sin embargo, Connor sabía demasiado bien cómo manipularla, y por eso iba a marcharse antes de que volviera, para no darle la oportunidad de hacerla cambiar de opinión.

Se había ido. Las nueve de la mañana y ya se había ido. La casa estaba en silencio y solo se oía su respiración jadeante. Había ido de una habitación de la casa a otra, buscándola.

Había creído que esperaría. Había creído que, siendo una persona sensible y respetuosa, no se iría sin hablar con él, sin decirle a la cara que se había acabado.

Sin embargo, aunque era sensible y respetuosa, Megan también era lista. Demasiado lista como para darle la oportunidad de convencerla de que se quedara.

Estaba tan furioso que sentía deseos de ponerse a tirar objetos contra la pared, de destrozarlo todo. Con los puños apretados salió del estudio. Aquello no había acabado.

Megan se había marchado, sí, pero sabía dónde había ido. Iría tras ella. La haría entrar en razón. Haría que volviera con él.

Emplearía el sexo para convencerla si fuera necesario. Comenzaría con un beso apasionado, la arrinconaría contra la pared, porque sabía que eso la volvía loca...

Y cuando la tuviese gimiendo y jadeando, con las manos enredadas en su pelo y las piernas rodeándole la cintura, aprovecharía el momento para decirle: «No puedes abandonarme. No te dejaré marchar».

Era el eco de las palabras del hombre al que más detestaba, su padre, palabras que le había oído decirle a su madre más de una vez. Era igual que él, pensó, sintiendo que la sangre se le helaba en las venas. Por mucho que se jurara que no iba a ser como él, el ADN de ese bastardo formaba parte del suyo.

¿Cuántas veces había intentado su madre alejarse de él? ¿Cuántas veces había intentado poner fin a su relación y empezar una vida lejos de aquel hombre que nunca la haría parte de la suya?

Recordó aquella mañana, años atrás. La pequeña figura de su madre, demasiado quieta, acurrucada en la cama. Y cómo él supo, antes incluso de alargar la mano para intentar despertarla que...

Se preguntó si las cosas habrían sido distintas si su padre hubiese respetado los deseos de su madre, si la hubiese dejado marchar. ¿Habría rehecho su vida?, ¿habría encontrado en su interior el deseo de seguir viviendo?

Abrió la mano derecha, que aún tenía cerrada en un puño, y bajó la vista al anillo de diamantes en su palma.

Era la segunda vez que Megan se lo devolvía. La segunda vez que él había ignorado por completo lo que ella quería. Se pasó una mano por el cabello y volvió a apretar el puño. Él no era como su padre.

Se había pasado toda la vida demostrándoselo a sí mismo y a cualquiera que se atreviese a relacionarlo con él por el apellido Reed, que le había dado después de que su madre se suicidase, después de decidir que debía hacerse cargo de él.

El día que había cumplido los dieciocho años había ido a ver a su padre al trabajo. Había ido a su despacho y le había dicho que no quería su dinero, ni el puesto que le había ofrecido en su empresa.

No quería nada del hombre que había arruinado la corta vida de su madre con su egoísmo. Una sensación de angustia lo invadió. No quería ser como su padre; tenía que dejar marchar a Megan.

Capítulo 21

A MEGAN la llamada de teléfono a Connor dos noches atrás le había resultado terriblemente incómoda. Había sabido que tendrían que hablar en algún momento, decir las cosas que su ausencia ya había anunciado, resolver la cuestión del envío de las cajas que había dejado en su casa y tratar el asunto del divorcio.

Y lo habían hecho, pero no se había esperado que la llamada fuese a ir como había ido: tan relajada, tan educada. También le había chocado el tono casual de Connor. «¿Ya tienes abogado? Si aún no lo tienes, podría ayudarte a encontrar uno». «He hablado con una compañía de mudanzas por lo de tus cajas. Me han dicho que lo más pronto que podrían llevártelas sería el viernes; ¿te va bien?». El oírle decir esas cosas la había descolocado.

Casi la había destrozado marcharse, pero el dolor de darse cuenta de lo poco que le había afectado su marcha era aún peor. Solamente había pasado un día...

y era como si le diese exactamente igual que se hubiese ido.

La noche anterior a su marcha se había mostrado dispuesto a hablar, a intentar solucionar las cosas, pero de pronto parecía como si después de su marcha se hubiese encogido de hombros y hubiese decidido seguir con su vida.

A pesar de lo espantoso que había sido para ella que volvieran a romperle el corazón, ese dolor había sido justo lo que necesitaba para disipar las dudas que tenía respecto a someterse a una inseminación artificial y su decisión de no volver a embarcarse en una relación de pareja. Ya no volvería a dudar nunca más. Solo por eso, aquella llamada, a pesar de haber sido muy incómoda, había merecido la pena, se había dicho, tratando de consolarse.

O eso había pensado hasta hacía sesenta segundos, cuando bajó al portal a abrir, esperando encontrar a la gente de las mudanzas, y se había encontrado con Connor, dirigiéndole esa sonrisa que era casi una afrenta.

—Eh, preciosa, ¿tienes algo alguna cosa con la que los chicos de las mudanzas puedan sujetar esta puerta y no se les cierre? —le preguntó señalando el camión de mudanzas aparcado junto a la acera, detrás de él—. Es bastante pesada, y como van a tener que entrar y salir varias veces...

—¿Qué estás haciendo aquí? —le espetó ella, demasiado aturdida como para suavizar su tono.

Connor se encogió de hombros.

—No sabía si tendrías a alguien que pudiera echarte una mano, y se me ocurrió venir a ofrecerme.

Megan apretó la mandíbula. Una mezcla de emociones encontradas amenazó con hacer que se le saltaran las lágrimas.

—Connor, no deberías haber venido. Me marché porque...

—Todavía soy tu marido —dijo él sin perder la sonrisa. Giró la cabeza un momento para mirar a los tipos de las mudanzas, que ya estaban descargando las cajas del camión—. Cuando nos casamos prometí cuidarte, así que, si puedo ayudarte en algo mientras aún seamos marido y mujer, lo haré.

Megan quería replicar, decirle lo furiosa que estaba de que se hubiera presentado allí sin avisar, y más teniendo en cuenta que se había ido de madrugada para evitar tener que volver a verlo otra vez, pero Connor no era tonto. Estaba segura de que sabía que iba a molestarla yendo allí, y aun así lo había hecho porque siempre tenía que hacer lo que le venía en gana.

—En fin, el caso es que aquí estoy —dijo Connor entrando en el portal. Se puso justo detrás de ella, y levantó un brazo por encima de su cabeza para sujetar con la mano la puerta que ella ya estaba sosteniendo—. Y ya que he venido, voy a ayudar.

Megan sabía que debería ignorar el olor de su colonia, pero no pudo resistirse a inspirar y llenarse los pulmones con ese aroma que tantos recuerdos le traía. Recuerdos de noches de pasión, sus cuerpos desnudos, el placer de sus besos y sus caricias...

De pronto él le puso una mano en la cintura, y un cosquilleo recorrió la espalda de Megan.

—Megan —dijo Connor atrayéndola hacia sí.

Ella sabía que debería apartarlo. Estar tan cerca de él era...

—Apártate, cariño, los hombres necesitan pasar.

Megan vio que se acercaba uno de los tipos de las mudanzas con una caja, y comprendió que lo que estaba haciendo Connor era apartarla para que dejase el paso libre.

—Gracias, señorita —dijo el hombre.

Ella asintió azorada, con las mejillas ardiéndole. Intentó zafarse del brazo de Connor que le rodeaba la cintura, pero él no se lo permitió, y no tuvo más remedio que girar la cabeza para mirarlo y decirle:

—¿Te importaría soltarme? Necesito subir para abrirles la puerta del apartamento y decirles dónde tienen que dejar las cajas.

También necesitaba un poco de espacio para poder respirar, pensar, y recordarse los motivos por los que tenía que guardar las distancias con él, añadió para sus adentros.

Connor dejó libre a Megan y se preguntó qué estaba haciendo allí. Se suponía que había decidido que iba a dejarla marchar.

Cuando había vuelto a casa y se había encontrado con que se había ido, se había pasado todo el maldito día intentando aplacar su ira para llamarla y asegurarse de que había llegado a Denver y que estaba bien. Para llamarla sin intentar convencerla de que volviese con él.

Y lo había hecho. Antes había llamado a la empresa de mudanzas para organizar el envío del resto de sus cosas, y al colgar al final de su conversación con Megan se había dado una palmadita en la espalda por haber hecho lo correcto.

Luego se había ido a la cama y había estado mirando al techo incapaz de dormirse, hasta que al final se había dado por vencido y se había ido a la oficina, donde había pasado las siguientes dieciocho horas.

Al día siguiente, cuando llegaron los de las mudanzas, había supervisado que subieran con cuidado todo al camión y no se dejaran nada. Había pensado que cuando todo estuviese fuera de la casa, cuando hubiese desaparecido el constante recordatorio de lo que había perdido, podría relajarse, que ya no sentiría esa opresión en el pecho.

Le había preguntado a los tipos de las mudanzas cuánto tardarían en llegarle a Megan las cosas, qué precauciones tomaban para asegurarse de que todo llegara en buen estado, y cuando se había dado cuenta de que no se quedaría tranquilo por más que intentase cerciorarse de cada detalle, había decidido tomar un vuelo y reunirse con ellos en Denver. Solo para ver que todas las cajas llegaban sanas y salvas al apartamento de Megan. No lo movía ninguna motivación.

Sí, no iba a negar que había estado fantaseando con volver a tenerla debajo de él, gimiendo su nombre. ¿Pero tenía alguna intención de hacer realidad esas fantasías? No, por supuesto que no.

O al menos así de claro lo había tenido hasta que la atrajo hacia sí para que dejara paso a los hombres de las mudanzas y ella había girado la cabeza para mirarlo a los ojos y pedirle que la soltara. Esos ojos tan seductores, tan...

Bueno, aun así no iba a hacer nada. De hecho, la ira en esos mismos ojos le decía a las claras que ella no quería nada con él.

Estaba esa otra emoción, muy distinta, entremezclada con la ira, y tampoco podía negar que lo halagaba saber que se había enamorado de él, pero no quería una relación con esa clase de responsabilidad. Quería que Megan lo deseara, pero no que lo necesitara. No quería que fuera tan vulnerable a él, que intentara dejarlo una y otra vez como le había pasado a su madre con su padre, y fracasar cada vez. No, se había asegurado de que estaba bien, y regresaría a San Diego sin mirar atrás.

En cuanto la última caja estuvo dentro del apartamento, firmó los papeles de entrega a los tipos de la mudanza, les dio una propina y cerró la puerta.

El apartamento de Megan le pareció más pequeño de lo que lo recordaba. Claro que en ese momento había cajas apiladas en cada habitación.

De pronto se preguntó si echaría de menos no ver más en su casa las cosas que contenían. Megan estaba abriendo una caja de la que sacó una lámpara, y él se quedó observándola pensativo mientras la colocaba en el lugar que antes había ocupado: una mesita pequeña junto a una mecedora.

Megan enchufó el cable y dio un paso atrás para mirar la lámpara con una expresión inescrutable en su rostro. Connor no habría sabido decir si se alegraba o no de volver a ver la lámpara en su sitio.

Se volvió hacia él, y Connor sabía exactamente qué venía a continuación: iba a despedirse de él. No estaba preparado; por eso la cortó antes de que pudiera decir nada.

—¿Por qué habitación quieres empezar? —le preguntó forzando una sonrisa y metiéndose las manos en los bolsillos de los vaqueros para que no viera sus puños apretados.

—Connor, te agradezco que me hayas enviado mis cosas tan rápido, pero puedo ocuparme del resto.

—Eh, ya que estoy aquí, déjame ayudar —respondió él—. Llamaré a mi secretaria para decirle que voy a estar fuera un día o dos y...

—¿Qué? —exclamó ella, mirándolo boquiabierta.

—Esta noche podemos pedir una pizza, abrir una botella de vino y ver una película —le dijo Connor. Sí, algo casual para no intimidarla, para que no se sintiera presionada.

—¿Una pizza? ¿Te has vuelto loco o es que estás siendo cruel a sabiendas? —le espetó ella furiosa.

—Solo intento ayudar. Quiero...

—¡No se trata de lo que tú quieres, Connor! ¿Cómo puede ser que no lo entiendas? ¡No quiero ser tu amiga!

De repente Connor ya no era dueño de sus actos. Se plantó justo delante de ella, la agarró por los brazos y le gritó también:

—¡Yo no quiero que seamos amigos, maldita sea!

Megan parpadeó, tan sorprendida por su reacción como él.

—¿Y qué es lo que quieres? —le preguntó en un tono quedo.

Pasaron unos segundos antes de que finalmente Connor soltara el aliento que había estado conteniendo.

—Te quiero a mi lado. Quiero lo que se suponía que íbamos a tener. Quiero a mi esposa, a la compañera que encontré en Las Vegas. Quiero que reconozcas que puedo darte una vida mejor de la que tendrás sola.

—No funcionaría.

—¿Por qué no? —inquirió él soltándola.

—Porque... —Megan arrojó las manos al aire con impotencia. En sus ojos había tanto dolor que Connor supo lo que iba a decirle a continuación antes de que lo dijera—. Porque te quiero, Connor.

No era una sorpresa después de lo que le había dicho antes de marcharse, o al menos no debería haberlo sido. Lo había intuido por la mirada en sus ojos esa noche en que le había dicho que no usaran preservativo, en un millón de pequeñas cosas. Sin embargo, oír las palabras de sus labios... fue como si le hubiesen pegado un puñetazo en el plexo solar, dejándolo sin aliento, completamente aturdido.

Megan fue hasta la puerta y la abrió. Luego, sin levantar la vista del suelo, le pidió:

—Márchate, por favor.

Capítulo 22

MEGAN guardó los archivos con los que estaba trabajando y se quedó mirando la pantalla del ordenador. Iba a cumplir de sobra la fecha de finalización del proyecto. En los últimos días apenas había podido dormir más de unas horas, y cada noche se había levantado y se había puesto a trabajar.

Constantemente la asaltaban los recuerdos. Connor dándole los buenos días, llegando a casa por la tarde y cobrándose su beso de bienvenida...

Algunos días se dejaba llevar por esos recuerdos, por el placer agridulce que le producían. Otros, como ese día, luchaba contra ellos, para acallar el dolor por la pérdida de lo que había perdido.

La pantalla se tornó borrosa. Más lágrimas. ¿Cuándo dejaría de llorar a la más mínima? El dolor de su corazón le decía que tal vez nunca.

El timbre del teléfono la sobresaltó. Se secó las lágrimas con el dorso de la mano y lo descolgó.

—Megan Scott —contestó.

Todavía le costaba no decir su apellido de casada.

Hubo un silencio al otro lado de la línea y luego...

—¿Scott? Ya sé que hace unos días de la última vez que hablamos, pero pensaba que mis abogados me lo notificarían cuando se hubiese aprobado el divorcio.

Connor... ¿Cómo podía el corazón de una persona dar un vuelco y un salto de alegría al mismo tiempo?

—Puede que aún no sea oficial, pero lo será.

—Sí, lo sé —Connor se aclaró la garganta—. He estado liado con el trabajo, pero quería haberte llamado antes para saber si todas tus cosas habían llegado bien. ¿Estaba todo?, ¿no faltaba nada?

Era un motivo razonable para aquella llamada. Megan sabía que Connor se tomaba sus responsabilidades y compromisos muy en serio. Eso era todo; no había más. Inspiró para intentar calmarse y respondió:

—Sí, todo llegó bien; gracias otra vez por tu ayuda.

—Me alegra oírlo. Bueno, si ves que falta algo, házmelo saber.

—Creo que no falta nada.

—Estupendo. Bueno, y ahora que ya vuelves a estar instalada, ¿cuáles son tus planes?

Megan se quedó mirando el teléfono un momento. ¿Cómo podía estar preguntándole eso?

—Connor, ya sabes cuáles son mi planes. A pesar de todo lo ha pasado, nada ha cambiado —le dijo. Nada, excepto que su corazón se había roto en mil pedazos, y cada vez que oía la voz de Connor, tan casual y despreocupada, volvía a romperse en otros mil—. Yo... esto tiene que acabar, Connor. Creo que será mejor que a partir de ahora te pongas en contacto con mi abogado si quieres preguntarme algo.

«Ya sabes cuáles son mi planes»... Aquellas palabras

martilleaban en el cerebro de Connor como una taladradora horas después de que Megan colgara el teléfono.

Desde el principio había sabido que Megan tenía planes para su futuro: ser madre soltera mediante la inseminación artificial, formar una familia sin las complicaciones de un matrimonio.

«Nada ha cambiado»... Sí, nada había cambiado, salvo que a él se le revolvía el estómago de imaginarse a Megan embarazada de otro hombre, aunque fuera de un donante anónimo de esperma. La sola idea lo ponía furioso.

¿Y qué pasaría con los nueve meses que tendría por delante después de eso? Por lo que le había dicho, la relación que tenía con su madre no era especialmente buena. ¿Quién estaría a su lado para ayudarla en los momentos difíciles, cuando se encontrase mal, o estuviese asustada?

Su propia madre nunca le había hablado demasiado de lo que había sido para ella criarlo sola. No había querido que se sintiera como una carga. Sin embargo, recordaba una noche en que la había oído llorando mientras discutía con su padre, preguntándole si tenía idea de lo que había sido para ella despertarse una noche y encontrarse con que se había puesto de parto y estaba completamente sola.

Había tenido que tomar un taxi para ir al hospital, y había pasado horas esperando al hombre que tantas veces se había deshecho en promesas. Al final, no había ido; había dejado que diese a luz a su hijo sola y asustada, mientras él celebraba una fiesta de Navidad con su esposa.

Megan ni siquiera tendría la esperanza de que alguien fuera al hospital cuando se pusiera de parto. ¿Por qué demonios no podía entrar en razón y dejar que estuviese a su lado?

Se levantó del sofá, fue hasta el mueble bar y se sirvió un vaso de whisky. Se lo bebió de un trago con la esperanza de que el fuego del alcohol acallara el dolor en su pecho, pero no le sirvió de nada, así que se sirvió otro, diciéndose que, si no mataba el dolor, al menos tal vez haría callar ese martilleo constante en su cabeza.

Una hora después estaba pensando con una claridad con la que nunca había pensado. Apartó a un lado la botella vacía y tomó su móvil.

Cuando Connor se despertó, no podía despegar los ojos, y tenía la certeza de que en algún momento durante la noche había acabado a bordo de un barco, porque todo a su alrededor parecía estar bamboleándose.

Solo que de repente notó que el colchón se hundía por el movimiento de alguien que no era él. No estaba solo... Un sentimiento de júbilo lo inundó, pero cuando trató de abrir los ojos la luz fue como una puñalada y volvió a cerrarlos de nuevo.

Le daba igual. No estaba solo, y de algún modo había conseguido que Megan regresara a su cama, pensó bendiciendo lo que fuera que había estado bebiendo la noche anterior.

Tanteando a ciegas por las sábanas cerró la mano sobre la primera cosa cálida que encontró y tiró de ella. O lo intentó, porque...

—No sé si lo sabes —dijo una voz grave que no podía ser la de Megan—, pero no soy de esa clase de chicas.

¡Jeff! Esa vez Connor abrió los ojos de golpe, obligándolos a soportar el lacerante dolor que les causaba la luz del día, y vio aturdido que lo que había agarrado su mano era el muslo de Jeff, que estaba tumbado a su lado sobre la colcha.

De pronto le dieron unas arcadas tremendas. ¡Oh, demonios!

—A tu derecha en el suelo tienes un cubo, campeón —le dijo Jeff, empujándolo con el pie en esa dirección—. Echa todo lo que tengas que echar.

Veinte minutos después, Connor estaba duchado y vestido. ¿En qué diablos había estado pensando para emborracharse así la noche anterior?

Se arrastró hasta la cocina, se dejó caer en una silla y le lanzó una mirada a Jeff, que estaba preparando huevos revueltos con una sonrisa divertida en los labios.

—No es que no me alegrara de encontrarte en mi cama esta mañana —le dijo—, pero... ¿qué estás haciendo aquí?

Para fastidio de Connor, Jeff siguió revolviendo un buen rato los huevos con esa sonrisilla burlona en los labios.

—Anoche vi que tenía un mensaje tuyo en mi buzón de voz, pero eso solo fue el comienzo —le explicó por fin—. Luego empezaron a llegarme mensajes de texto en los que me decías que tenía que ir a Denver contigo. Te contesté diciendo que estaba ocupado y que me dieras una hora, pero me contestaste de inmediato diciendo que tenía que venir ya, que querías recuperar a tu esposa. Me escribiste que creías que podrías convencerla de que volviera contigo ofreciéndole tu esperma.

Connor enarcó una ceja.

—Me estás tomando el pelo, ¿verdad?

Jeff se rio.

—Si no me crees, abre mi móvil y compruébalo; está ahí, a tu lado, encima de la mesa.

Connor miró el móvil como si fuese un bicho y miró de nuevo a Jeff.

—Es en serio, ¿no?

—Me temo que sí —dijo su amigo, que parecía estar disfrutando de lo lindo con aquello—. Te pregunté si estabas bebiendo porque en los mensajes te habías comido varias letras, pero me ignoraste por completo y me contestaste que tenías lo que ella quería, un plan sólido que era mejor que el suyo, y que la ibas a llamar.

¡Oh, demonios...!, pensó Connor contrayendo el rostro. Por favor que no la hubiera llamado, que no la hubiera llamado...

—¿Y qué pasó? —inquirió temiendo la respuesta.

—Pasó que dejé lo que tenía entre manos y me vine para acá —dijo Jeff apagando la vitrocerámica—. Cuando llegué, estabas borracho como una cuba.

—¿Y te quedaste conmigo, en mi cama, para asegurarte de que no me ahogaba en mi propio vómito?

—Por eso, y para evitar que llamaras a Megan en ese estado —Jeff le plantó delante un plato con huevos revueltos y beicon antes de sentarse frente a él con otro—. Bueno, y ahora cuéntame.

—Está planeando someterse a una inseminación artificial.

—Aaah... Y tú pensaste que podías echarle una mano. Ya. Aunque no sé, no lo veo muy claro, porque si no quiere nada contigo, ¿por qué creías anoche que tus espermatozoides iban a llevarte más lejos?

—Supongo que pensé que podría convencerla para que lo reconsiderara, para que viera lo que yo puedo ofrecerle, lo que estás rechazado.

—Ya. Y eso sería... ¿comodidades?, ¿una seguridad?

—Vaya, alguien que lo ve.

—Bueno, algo veo, pero no estoy seguro de que sea lo mismo que tú.

Connor no estaba de humor para descifrar adivinanzas, ni para sutilezas.

—A ver, ¿qué tienes que decir?

Jeff sacudió la cabeza.

—Pregúntate esto, Connor: ¿qué es lo que te tiene tan alterado? Quiero decir que, en realidad, ¿qué tiene Megan que no quieres perder?

Connor abrió la boca para contestar, dispuesto a explicarle que estaban hechos el uno para el otro, lo bien que se compenetraban, pero en ese momento, cuando se paró a pensarlo, se dio cuenta de que su matrimonio había sido un desastre desde el primer momento.

Megan se había despertado a la mañana siguiente de su boda incapaz de recordar su nombre, y mucho menos de por qué había accedido a casarse con él.

Y desde el principio había sido un fastidio, con todas las dudas que tenía y poniéndolo a prueba para que saliera huyendo de ella.

Había tenido que darle tiempo, había tenido que conquistarla. Lo había tenido todo el tiempo en jaque, todo el tiempo preguntándose si estaría agradándola o no. Muchas veces lo había irritado y lo había confundido.

Pero a pesar de todo había disfrutado con cada momento de esos dos meses. Aquello no tenía sentido.

Echando la vista atrás, Megan había supuesto todas las complicaciones y frustraciones que se daban en las relaciones con amor de por medio que él había querido evitar a toda costa.

Tenía sobre él un efecto que ninguna otra mujer había tenido. Y, a pesar del caos en que había sumido su vida, la idea de no tenerla estaba matándolo.

Miró a Jeff y asintió.

—Está bien, creo que ya lo sé.

Capítulo 23

SEIS horas después, Connor bajaba las escaleras a toda prisa palpándose los bolsillos para asegurarse de que no se le olvidaba nada.

¿Cartera? La llevaba. ¿Llaves? También. ¿El anillo? Sí, y parecía que le quemase en el bolsillo de la chaqueta.

Nervioso, miró su reloj de muñeca. Podía hacerlo. Su vuelo salía dentro de cuarenta y cinco minutos, y subiría a ese avión aunque tuviera que comprar la compañía.

Y cuando llegara a Denver... El estómago le dio un vuelco al imaginar los distintos escenarios posibles. Solo uno de ellos le proporcionaría el final feliz que únicamente hacía unas horas había aceptado que quería.

Apartando todos los demás de su mente asió el pomo de la puerta y... ¡El billete de avión! ¡Se había olvidado el billete! De hecho, se había olvidado de imprimirlo. Corrió al estudio y encendió el portátil que tenía allí, mirando el reloj una y otra vez mientras se encendía. ¡Vamos!, ¡tenía que llegar a tiempo al aeropuerto!

Necesitaba decirle por qué su matrimonio podría funcionar. Y no era por ninguna de las razones que había estado repitiéndole desde el principio, sino porque había descubierto que había una serie de cosas sin las que no podría soportar seguir viviendo.

El fondo de escritorio del portátil era una foto de los dos en una cena benéfica del mes anterior. Salían los dos riéndose, y sus dedos jugaban con un mechón de pelo de ella mientras se miraban a los ojos. Y por el modo en que él la estaba mirando... ¿cómo podía no haberse dado cuenta?

Abrió el navegador de Internet y vio que Megan no había cerrado su sesión de correo de Gmail. Estaba a punto de abrir otra pestaña para ir a la página de la compañía aérea, cuando sus ojos se detuvieron en un mensaje marcado como importante. Al leer la vista previa se le cayó el alma a los pies. Era un mensaje del banco de esperma, enviado hacía cinco días.

Asunto: Respuesta a su consulta. Puede pasar en cualquier momento a recoger esperma del donante #43409089RS1, por el que se había interesado.

Megan llevaba un buen rato sentada en la mesa de la cocina con el periódico delante, pero ni siquiera había pasado de página. Estaba muy baja de moral, y no podía dejar de darle vueltas a la cabeza.

Se levantó con un suspiro de la banqueta, y fue al fregadero a servirse un vaso de agua. No pudo evitar pensar en todas las veces que, durante esos dos meses, cuando Connor ya estaba en casa, se había asomado al

estudio para llevarle un refresco o algún aperitivo. Se
había mostrado muy atento y solícito con ella, sobre
todo en los momentos en que ella, abstraída en el trabajo, se olvidaba de cuidar de sí misma... pero no era
amor.

Resultaba irónico que, una vez que había decidido
prescindir del amor en su vida, hubiera conocido a
Connor y el enamorarse de él hubiese dado al traste
con su matrimonio.

¿Por qué había tenido que enamorarse, por qué no
había podido conformarse con la relación que habían
acordado?, ¿por qué no había podido ser la esposa que
él necesitaba que fuera?

En ese momento llamaron a la puerta, y Megan
agradeció que aquella interrupción la sacara de la es-
piral de pensamientos autodestructivos en la que había
caído.

El corazón le dio un brinco, pero entonces se dio
cuenta de que no habían llamado al telefonillo. Seguramente era otro paquete para la señora Gandle, del
2ºC. Siempre estaba comprando cosas de la teletienda.

Reprendiéndose a sí misma por haber sido tan tonta como para haber abrigado siquiera una tímida esperanza al oír el timbre, fue hasta la puerta y la abrió.

—¿Connor? —musitó incrédula al verlo plantado
delante ella.

Connor frunció el ceño.

—¿No tenías siquiera puesta la cadena de seguridad? —le dijo en un tono airado y posesivo—. Primero una señora mayor que bajaba me ha abierto la puerta y me ha dejado entrar sin preguntarme quién era. Y
ahora tú vas y me abres sin cerciorarte siquiera de que
era yo. Megan, sé que este es un buen barrio pero...
¡por amor de Dios!

Ella sacudió la cabeza, demasiado aturdida para

pensar en nada que no fuera el hecho de que Connor estaba allí. Había vuelto. Otra vez.

Irritado consigo mismo, Connor se pasó una mano por el cabello. Sabía que se estaba comportando como un imbécil, pero no podía evitarlo.

—¿Qué estás haciendo aquí? —inquirió ella en un hilo de voz.

Connor abrió la boca para contestar, pero de repente no podía articular palabra, no podía apartar la vista de Megan, de sus hermosos ojos, de su dulce boca. Esa boca que hacía tanto tiempo que no veía sonreír. Demasiado.

Parecía más delgada, y no le gustaban las ojeras que tenía, pero jamás había visto nada tan bello como le pareció Megan en ese momento.

Se aclaró la garganta y bajó la vista a la mano que ella tenía sobre su abdomen, como en ademán defensivo.

—¿Por qué he esperado tanto? —se preguntó en voz alta, consciente de la futilidad de aquella pregunta.

Megan parpadeó. En sus ojos había confusión, dolor... y también determinación.

—Connor, tienes que poner fin a esto. ¿Por qué lo haces, por qué me llamas y te presentas aquí sin avisar? Me... —tragó saliva, y pareció que aquello le costara un esfuerzo monumental—. Me estás haciendo daño.

Connor se sintió fatal, sobre todo porque sabía que era la verdad. Si no hubiera sido tan estúpido, si se hubiese dado cuenta antes... No les habría hecho pasar a ninguno de los dos por todo ese dolor.

—Lo siento.

—Si lo sientes, márchate —murmuró ella. Una lágrima rodó por su mejilla, y el corazón de Connor se retorció de dolor—. Por favor, Connor. No puedo ser la clase de esposa que quieres que sea. Nunca podré serlo. Déjame marchar.

—No —Connor sacudió la cabeza con solemnidad—. Lo he intentado, pero no puedo.

—Pues tienes que hacerlo.

—¡Nunca te dejaré marchar!

Las palabras habían escapado de su garganta antes de que pudiera pensar siquiera en refrenarlas.

Megan se quedó mirándolo aturdida, y cuando la vio parpadear, el primer signo de que estaba saliendo de ese estado momentáneo de estupor, a Connor le entró pánico.

No había dicho suficiente, no se había explicado, y no podía arriesgarse a que ella respondiera antes de que le dijera todo lo que necesitaba que supiera.

Por eso, recurrió al truco más bajo que tenía en su arsenal. Aquello era demasiado importante para él, Megan era demasiado importante para él como para arriesgarlo todo solo por seguir las reglas del juego.

Por primera vez en su vida no maldijo a su padre por los genes que formaban el lado oscuro de su carácter. Dio un paso adelante y le pasó una mano a Megan por la nuca antes de tomar sus labios con un beso primero tierno y luego apasionado, con el que intentó transmitirle todo lo que sentía: lo mucho que la había echado de menos, cuánto la deseaba, el poder que ejercía sobre él...

Cuando despegó sus labios de los de ella, Megan, cuyas manos se habían aferrado a su camisa, lo miró aún más confundida, pero Connor no le dio tiempo a reaccionar, sino que prosiguió con su asalto, esa vez expresándole con palabras lo que había descubierto.

—Megan, yo no quería enamorarme —le confesó—. Vi lo que le hizo a mi madre y yo no quería sufrir de ese modo ni hacer sufrir a una mujer lo que sufrió ella. Es una emoción que he evitado durante toda mi vida adulta, manteniéndome siempre distante y poniendo barreras cada vez que iniciaba una relación. Cuando te conocí, todo cambió. En el transcurso de unas horas me había casado contigo y las reglas por las que se había regido mi vida hasta entonces se habían convertido en cosa del pasado. Me juré por activa y por pasiva que tendríamos un matrimonio que se basara en la sensatez y no en los sentimentalismos, en el que nadie resultara herido, pero ni siquiera podía mantener el control sobre mí. Contigo no me conformaba con algo a medias, y me buscaba todas las excusas posibles, pero era incapaz de admitir lo que realmente estaba ocurriendo.

—Connor... —murmuró ella.

—Te dije que no quería que fuéramos amigos, pero no es verdad. Quiero ser tu amigo, tu amante, tu esposo, y el padre de tus hijos —hizo una pausa y tragó saliva—. Sé que vas a decirme que ya es tarde, Megan, pero no lo es.

Hincó una rodilla en el suelo y, bajo la atenta mirada de Megan, que estaba observándolo con los ojos como platos, sacó el anillo del bolsillo de la chaqueta y lo levantó.

—Querré a este bebé como si fuera mío —dijo poniendo la mano libre en el vientre de Megan. Y nunca tendré un solo momento de duda porque prometo quererlo tanto como te quiero a ti.

Megan aspiró hacia dentro al oír aquella confesión.

—Sé que no recuerdas la primera vez que te propuse matrimonio, pero tengo la esperanza de que esta no la olvidarás. Megan, te quiero y, si aceptas mi proposición, me gustaría darte una vida entera de lo que me has demostrado que es lo más importante: risas, amor, charlar hasta bien entrada la noche... Quiero que seas mi esposa, y que lo seas de verdad, porque te quiero, durante los años de vida que Dios quiera darnos.

Con el corazón martilleándole en el pecho y el aliento contenido, Connor aguardó su respuesta.

Capítulo 24

AQUELLO no podía estar pasando, no era real, no era posible.

—Oh, Dios mío... —murmuró Megan.

Un sollozo escapó de su garganta y alargó las manos hacia él, asiéndolo por los brazos y tirando de él para que se levantara. Cuando se irguió, sacudió la cabeza y le dijo:

—Connor, no estoy embarazada.

Él se quedó mirándola un buen rato, y los músculos de su garganta se movieron como si estuviese intentando decir algo pero no le saliesen las palabras. Finalmente la estrechó entre sus brazos, y el suspiro de alivio que exhaló conmovió a Megan.

—Tu cuenta de correo se había quedado abierta en el portátil del estudio —le explicó Connor con la voz ronca por la emoción—. Vi el mensaje del banco de esperma...

Megan le puso una mano en el pecho.

—Ese mensaje me lo enviaron en respuesta a una

consulta que hice hace meses, antes de que nos conociéramos. No me sentía preparada para seguir adelante con esos planes.

Para empezar seguían estando casados. Y lo que sentía por Connor... No podría haber dado un paso tan importante con el corazón hecho añicos. Por eso había decidido posponer esos planes durante al menos uno o dos años.

Connor tomó su rostro entre ambas manos.

—No me importa.

El tono calmado de sus palabras contrastaba vivamente con la intensidad de su mirada. Megan enarcó una ceja, sin comprender.

—Te quiero de todos modos, Megan, aunque no entre un bebé en el lote.

Megan se rio suavemente. ¿Cómo lo hacía?, ¿cómo conseguía hacerla reír siempre?

—¿Me quieres de todos modos? —repitió.

Connor asintió.

—No creí que fuera capaz de amar a alguien, pero supongo que es porque nunca había conocido a alguien como tú.

La amaba... Connor la amaba...

Los labios de él se curvaron en una sonrisa lobuna antes de volver a tomar sus labios con un beso que sabía a promesas, promesas que ella jamás se habría atrevido a soñar o a pedir.

La lengua de Connor se deslizó entre sus dientes y acarició la suya sensualmente hasta que las manos de Megan estrujaron de nuevo su camisa, aferrándose a él como si le fuera en ello la vida.

Sin interrumpir el beso, las manos de Connor comenzaron un lento viaje por su cuerpo, siguiendo la curva de sus caderas, las redondeadas nalgas, la espalda...

Megan se dejó llevar cuando la empujó suavemente, haciéndola caminar hacia atrás hasta que su espalda chocó con la puerta.

—Te quiero —susurró Connor contra sus labios.

—Y yo a ti, Connor. Y quiero todo lo que estás ofreciéndome —murmuró ella, deleitándose en el peso del cuerpo de Connor, pegado al suyo—. Quiero ser tu esposa y la madre de tus hijos. Pero...

Él, que iba a besarla de nuevo, se detuvo y la miró preocupado.

—¿Pero?

Ella deslizó la mano por la mandíbula de Connor antes de posarla sobre la hilera de botones de su camisa.

—Pero quería preguntarte qué te parecería si esperásemos un poco para tener hijos. Quizá unos meses, o un año.

—¿Darnos un periodo de prueba? —inquirió él. Megan vio decepción y dolor en sus ojos, pero luego brillaron con determinación y le dijo—: Si es lo que quieres, esperaremos; lo más importante es que te sientas bien, que no te sientas presionada.

Megan le desabrochó el primer botón y sacudió la cabeza.

—No es eso; no necesito que tengamos un periodo de prueba.

Connor escrutó su rostro en silencio.

—¿Entonces por qué...?

—Porque ahora mismo lo único que quiero eres tú —murmuró ella antes de desabrocharle el siguiente botón—. Después de todo, tenemos por delante de nosotros el resto de nuestras vidas. Y ahora, señor Reed, estoy lista para que me des el beso de «te quiero».

Connor sonrió de oreja a oreja.

—Será un placer, señora Reed —contestó emocio-

nado antes de rodearle la cintura con los brazos y atraerla hacia sí.

—Te quiero, Megan.

El beso que le dio pretendía ser el primero de otros
muchos que llegarían después, pero a ambos les resultó
tan familiar que no habrían podido negar que el amor
había estado allí todo el tiempo, flotando entre ellos,
esperando a ser reconocido. Con todo, fue un beso sin
reservas, una promesa de «un felices por siempre jamás»... y Megan creyó en ella.

ANNE Stuart

Tras la máscara

Pocos intrusos tenían acceso a las juergas indecentes que los miembros del Ejército Celestial llevaban a cabo en el más absoluto secreto. En el seno de esa sociedad secreta, numerosos aristócratas ingleses exiliados se reunían para

dar rienda suelta a sus deseos carnales, pero pocos podían competir con el insaciable apetito de su provocador anfitrión, el misterioso vizconde Rohan.

Y es que para el vizconde, la búsqueda del placer físico no era solo su pasatiempo favorito, sino una apremiante necesidad, hasta que en su camino se cruzó una mujer fascinante que no se dejaba amedrentar. La virginal y empobrecida Elinor Harriman encontraba espantoso el oscuro ejercicio de seducción del vizconde, al mismo tiempo que intrigante… y en secreto se sentía atraída por el hombre que se ocultaba detrás de la máscara del deseo.

No. 79

Anne Stuart nos ofrece una inteligente mezcla de romance, intriga y pasión que atrapará al lector. Es posible que le robes horas al sueño para poder acabar un libro de Anne Stuart.

Romantic Times

Jazmín

Teresa Southwick
Por un beso

Para Abby Ridgeway, Nick Marchetti era, además de su jefe, su mejor amigo. La persona que siempre había estado a su lado cuando lo había necesitado. Pero el último beso que Nick le había dado no era solo un beso de amigos, había despertado en ella emociones desconocidas que la confundían. Todo cambió entre ellos a partir de entonces.

Si daba rienda suelta a esos sentimientos nuevos, podía perder aquella amistad tan especial que ya compartían. ¿Podría Abby arriesgarlo todo con la esperanza de transformar aquel beso en un compromiso para toda la vida?

Estaba inmersa en una tempestad de emociones

¡YA EN TU PUNTO DE VENTA!